KB010809

내 청춘이
머물러 있는

사랑의 시

세계 명시 모음집

내 청춘이 머물러 있는 **사랑의 시**

발 행 2017년 06월 05일

펴낸이 홍철부
펴낸곳 문지사

등록일 1978년 8월 11일 (제3-50호)

주   소 서울특별시 은평구 갈현로 312

영업부 02)386-8451
편집부 02)386-8452
팩 스 02)386-8453

값 18,000원

세계 명시 모음집

내 청춘이 머물러 있는

사랑의 시

문지사

나뭇잎 사이로 속삭이며 내리는 빗소리, 안개가 피어오르는 대지의 향기, 황혼 무렵에 들려오는 고요한 노랫 소리, 파도에 흔들리는 외로운 흰 돛단배 삶의 그림자, 보석처럼 반짝거리는 먼 마을의 작은 불빛들, 깊은 골짜기처럼 텅 빈 도시의 일요일 거리….

우리가 잠시 발걸음을 멈추기만 하면 거의 잊어버렸던 지난 날의 자기 자신에게로 다시 돌아가게 하는 삶의 단면을 발견할 수 있습니다.

이미 오래 전에 잊어버렸던 옛시詩를 다시 읽게될 때, 앞날이 붕정만리鵬程萬里 같았던 젊은 날의 한 토막을 마음 속으로 회상한다든가, 또는 인생은 고금동古今同 이라는 진리를 조용히 음미해 보는 명상 속에서 우리는 자기 자신에게로 돌아가는 기회를 가지게 됩니다.

그러한 일순간, 우리의 생각이 달라져서 자신의 보잘 것 없는 노력과 다툼과 시기와 질투와 공포가 모두 대수롭지 않게 생각되어지기도 합니다. 이러한 사소한 일은 우리가 현실에 대한 관심에서 생기는 것이며, 우리의 생활 감각 사이에서 찾은 삶의 조각들이며, 그림자입니다.

  우리 인생의 삶의 조각들, 그리하여 상처 받은 고통의 그림자가 영혼의 텃밭에서 언어로 꽃피어질 때, 한 편의 아름다운 시가 탄생되는 경이로움이 있습니다. 그러므로 이 시집은 시가 불꽃처럼 만발해 있는 화원입니다.

  지난 청춘의 일상이 꿈처럼 머물러 있는 시의 화원에 잠시 머물며 아련한 추억을 간직한 사랑의 향기로 메마른 마음의 문을 여시기를 바랍니다.

2017년 봄날에

차례

머리말

세계 명시 1

세계 명시 2

세계 명시 • 1

머물러 있는것이
사랑인 줄 알았는데

산비둘기

| 콕또 |

두 마리의 산비둘기가
상냥한 마음으로
서로 사랑하였습니다.

그 나머지는
차마 말씀드릴 수 없습니다.

그대는 한 송이 꽃처럼

| 하이네 |

그대는 한 송이 꽃처럼
귀엽고 밝고 아름다워라
내 그대를 바라보고 있노라면
슬픔은 저절로 가슴 속으로 스미고

그대의 머리 위에 내 손을 얹어
빌고 싶은 마음이 간절하여라
하나님이 그대를 도와주기를
밝고 귀엽고 아름다운 그대를.

그대를 처음 본 순간

| 칼릴 지브란 |

그 깊은 떨림
그 벅찬 깨달음
그토록 익숙하고 가까운 느낌
그대를 처음 본 순간
우리의 모든 것이 시작되었습니다.

지금 그날의 떨림은 생생합니다.
오히려 천 배나 더 깊고
천 배나 더 애틋한 미음이 싹텄습니다
나는 그대를 영원히 사랑하겠습니다.

내 육체가 세상에 태어나기
그대를 만나기 훨씬 전부터
나는 그대를 사랑하고 있었나 봅니다
그대를 처음 본 순간 알아버렸습니다.

운명
우리 두 사람은 하나이며
그 무엇도 우리를 갈라놓을 수는 없습니다.

사랑

| 헤르만 헤세 |

키스로 나를 사랑해 주는 너의 입술을
나의 입술이 다시 만나고 싶어한다
고운 너의 손가락을 어루만지며
너의 손가락에 깍지 끼고 싶다.

내 눈의 목마름을 네 눈에 적시고
내 머리를 깊숙히 네 머리에 묻고
언제나 눈 떠 있는 젊은 육체로
네 몸의 움직임에 열중하여
늘 새로운 사랑의 불꽃으로 천 번이나
나의 아름다움을 새롭게 하고 싶다.

우리들의 마음이 온전히 가라앉고 겸허하게
모든 괴로움을 넘어서서 행복하게 살 때까지
낮과 밤에, 오늘과 내일에 담담히
다정한 누이로서 인사할 때까지
모든 행위를 넘어서서 빛에 싸인 사람으로
평화 속을 조용히 거닐 때까지.

사랑에게

| 로제티 |

어느 날, 나는 그녀의 이름을 백사장에 썼습니다
그러나 파도가 밀려와 씻어버리고 말았습니다
나는 또다시 그 이름을 모래 위에 썼으나
다시금 내 수고를 삼켜 버리고 말았습니다.

그녀는 말했습니다.
"헛된 짓을 하지 말아요
언젠가는 죽을 운명인데,
불멸의 것으로 하지 말아요
내 자신도 언젠가는 파멸이 되어
모래처럼 남게 되고
내 이름도 씻겨 지워지겠지요!"

나는 그녀에게 말해 주었습니다.
"그렇지 않습니다. 모든 것들은
죽어 흙으로 돌아갈지라도
당신은 빛나는 이름으로 오랫동안
이 지상에 머무를 것입니다.
아아! 설령 죽음이 온 세계를 다스려도
우리의 사랑은 영원한 생명을 얻게 될 것입니다."

사랑이란

| 월터 롤리 |

사랑이란
쾌락과 회한이 함께 고여 있는 크고 작은 샘
천당과 지옥에 다 같이 종소리를 울려 퍼지게 하는
그런 종일지도 모릅니다.
사랑은 비 쏟아지는 창가로 살그머니 드리우는 햇살
치통, 혹은 근원을 알 수 없는 고통
누구도 이기지 못 하는 게임
한쪽이 거절하면 더욱 열이 오르는 게임인지도 모릅니다.

금세 사라져 버리고 마는 것
그래서 약간이라도 유리할 때 붙잡아야 하는 것
살며시 스며 들어와서는 떠나가지 않는 것인지도 모릅니다.

사랑은 요리조리 옮겨다니는 것
한 사람이 가지고 동시에 여럿이 가질 수도 있는 것
그러나 각자가 스스로 발견해야만
가질 수 있는 것인지도 모릅니다.

첫사랑

| 괴테 |

아! 누가 그 아름다운 날을 가져다 줄 것인가
첫 사랑의 그날을.

아! 누가 그 아름다운 때를 돌려줄 것인가
사랑스러운 그 때를.

지금 나는 쓸쓸히 상처 난 시간을 치료하고 있다
끊임없이 찾아오는 한탄과 더불어
잃어버린 행복을 슬퍼하고 있다.

아! 누가 그 아름다운 날을 가져다 줄 것인가
즐거웠던 그 기억을.

사랑이 오는 길목

| 칼릴 지브란 |

사랑은 늙은 노인만큼이나
단순하고 순진한 것
어느 봄 날 오래 된 참나무 그늘 아래
함께 앉아 있는 것과 같습니다.
사랑은 일곱 개의 강 너머에 머무르는 시인을 찾아
아무것도 바라는 것 없이 그 앞에 서 있는 모습과 같습니다.
사랑은, 당신을
절벽 끝으로 이끌어도 따라가는 것과 같습니다.
사랑에게 있는 날개가 당신에게는 없을지라도
사랑이 없는 삶은 무의미하므로 그를 따라야 합니다.
함정에 빠져 조롱당할지라도
더 높은 곳에서 이를 내려다보며 미소 짓고
머지 않아 봄이
당신의 사랑의 싹을 키우고 춤추기 위해 찾아올 것임을
멀지 않아 눈부신 가을이
당신의 사랑을 익히기 위해 찾아올 것임을
잊지 않아야 합니다.

첫사랑의 향기

| 시마자키 도손 |

땋아올린 지 며칠 안 된 머리카락
사과나무 그늘 속에 나타 났을 때
앞머리에 꽂은 꽃무늬빗은
한 송이 꽃보다 더 아름다웠습니다.

하얀 작은 손을 나에게 내밀며
빨갛게 익은 사과를 건네주던 당신
진분홍 빛깔의 가을 열매로
난생 처음 그리움을 배웠습니다.

끊임없이 내쉬는 나의 작은 숨결이
당신의 짙은 갈색 머리카락에 닿을 때
한껏 행복에 부프른 사랑의 잔을
당신의 따뜻한 마음과 함께 마셨습니다.

과수원 사과나무 아래로
조금씩 생긴 오솔길은
누가 맨 처음 밟아 만든 길일까 하고
생각의 나래를 펴면 당신이 더욱 그리워집니다.

이 사랑

| 자크 프레베르 |

이토록 격렬하고
이토록 연약하고
이토록 부드럽고
이토록 절망하는 이 사랑.

대낮처럼 아름답고
나쁜 날씨에는 나쁜 날씨처럼
이토록 진실한 이 사랑
이토록 아름다운 이 사랑.

이토록 행복하고
이토록 즐겁고
어둠 속의 어린애처럼
무서움에 떨 때는 이토록 보잘 것 없고
한밤에도 침착한 어른처럼
이토록 자신 있는 이 사랑.

다른 이들을 두렵게 하고
다른 이들을 말하게 하고
다른 이들을 질리게 하던 이 사랑.

사랑의 깨달음

| 칼릴 지브란 |

사랑은 마치 잘 쌓인 들판의 낟가리처럼
그대들을 자신에게로 거두어들이는 것
사랑은 그대들을 두들겨 벌거벗게 하는 것
사랑은 그대들을 채로 쳐서
쓸모 없는 껍질들을 털어버리게 하는 것
사랑은 그대들이 유연해질 때까지 반죽하여
신의 향연에 쓰일 거룩한 빵이 되도록
성스런 불꽃 위에 올려놓는 것.

사랑은 이 모든 일을 그대들에게 행하여
그대들로 하여금 마음의 비밀을 깨닫게 하고
그 깨달음으로 삶의 가슴에 파편이 되게 하리라
사랑은 자기 외에는 아무것도 주지 않으며
자기 외에는 아무것도 구하지 않는 것
사랑은 소유하지도
소유 당할 수도 없는 것
사랑은 다만, 사랑 그 자체만으로 충분한 것.

내 작은 사랑은

| 잠 |

내 작은 사랑은
장미꽃과 은방울꽃
그리고 접시꽃도 피어나는
아름다운 정원 안에 있습니다.

아름다운 정원은 즐겁고
온갖 꽃이 다 모여 있습니다.
그것을 연인처럼
내가 밤낮으로 지킵니다.

새벽마다 슬프게
노래하는 나이팅게일의
달콤한 꿈을 보기도 합니다.
울다 지치면 새는 휴식의 꿈을 갖지요.

어느 날은 그녀가 푸른 목장에서
바이올렛 꽃을 따는 걸 보았어요
순간이었지만, 나는 그만
그녀의 아름다움에 빠져 버렸어요.

나는 그녀의 모습을 그립니다.
우유처럼 뽀얗고
어린 양처럼 부드럽고
장미처럼 붉은 그녀의 모습을.

오, 사랑이여

| 프란시스 카르코 |

사랑하는 사람아!
그대는 어느 곳에 있는가
내 시(詩) 속이 아닌 어디에 있는가
지금은 겨울, 겨울에 묻어오는
어둡고 기나긴 내 슬픔의 그림자여.

바람이 불어올 때마다
아카시아 나뭇가지들 마구 흔들리는데
그대는 속옷마저 벗은 알몸으로 불가에서
불을 쬐고 있구나.

창문으로 찬 빗방울이 들이치는데
타는 장작을 바라보며, 나는 휘파람을 불고
유리창 안에 아직 채 일어나지 않은
희뿌연 아침을 기다리고 있다.

사랑과 행복 사이

| 베르톨트 브레히트 |

당신이 기쁘게 해 주실 때면
저는 이따금 생각해요
이제 죽어도 좋겠노라고,
이 목숨 끝까지
행복하게 살 거라고 말입니다.

먼 훗날 당신이 늙으시면
그리하여 나를 생각하시면
나는 지금과 같은 모습일거예요
아직도 젊은 여인을
당신은 여전히 간직하실 테지요.

사랑의 노래

| 수잔 폴리스 슈츠 |

나의 몸은
사랑의 저녁 노을 속에 타오르는
불꽃입니다.
천둥 번개, 지진이라 할지라도
당신에 대한 나의 열정보다는 뜨겁지 못합니다.

나의 심장은
우리의 사랑을 향한 불꽃입니다.
푸른 하늘과 무지개, 꽃들도
당신에 대한 나의 사랑만큼
아름답지 못합니다.

사랑의 기다림

| 발라 |

나는 당신의 소중한 꽃이었습니다.
나는 저녁에 뚫어질 듯이 어둠을 바라보며
사랑이 오기를 기다리고 있습니다.
당신은 내 눈에 키스를 했습니다.
당신은 언덕 위에서 노래했습니다.
"너를 사랑하는 것이 이상하다." 라고
그 노래가 틀렸음을 내 어찌 알 수 있었겠습니까
당신의 뱀 같은 마음을 내 어찌 알았겠습니까
"좋아요 어서 가세요!"
나는 내 어두운 마음을 밤의 숲에 던졌습니다.
오오, 얼마나 슬픈 일인지 모릅니다.
모든 나무는 당신의 이름을 부르고 있습니다.
일찍이 내 행복의 새였던 그 이름을 말입니다.

사랑의 의미

| 클라우디우스 |

사랑을 방해하는 것은 아무것도 없습니다.
사랑은 문도 빗장도 잠그지 못합니다.
사랑은 무엇이든 꿰뚫고 갑니다.
사랑은 시작이 없습니다.
사랑은 항상 날개를 퍼덕이고 있습니다.

사랑의 빛깔

| 피터 맥 윌리엄스 |

정열의 빨강
강렬함의 적황색
노랑은 행복
초록은 부드러움
다정함은 파랑
만족스러움은 자줏빛
사랑의 황금빛
그리고 나는
내 사랑의 프리즘

사랑의 되뇌임

| 브라우닝 |

사랑한다고 한 번만 더 들려주세요.
다시 한 번 더 그 말을 되뇌이면
그대에겐 뻐꾸기 울음처럼 들리겠지만.

기억해 두세요. 뻐꾸기 울음 없이는 결코
상큼한 봄이 연록빛 치장을 하고
산이나 들에, 계곡과 숲이 찾아오지 않아요.

온갖 별들이 제각기 하늘을 수 놓는다 해도
너무 많다고 불평할 사람이 어디 있겠어요?

온갖 꽃들이 저마다 사계절을 장식한다 해도
너무 많다고 불평할 사람이 어디 있겠어요?
사랑해, 사랑해, 사랑해…….
그 달콤한 말을 속삭여 주세요.

사랑의 장터

| 따흐우엔 |

사랑의 장터 그 따스한 밤은
장이 서는 날보다 더 열기로 들떠 있다.
등불도 없고 노점상 불빛도 없고
단지 감미로운 대화만 있을 뿐
서로 알고 있으면서도
어색한 우리는 친구가 된다.
한 쌍 한 쌍, 그리고 또 한 쌍.

꽃봉오리 같은 너와
꽃과 같은 내가
별빛을 그리다가 그리움만 키워서
산도 누워 버리고, 나도 눕는다.

봄밤은 부드러운 향기를 퍼뜨리고
숨이 차도록 너를 포옹하는 밤
아침이 밝으면 숲의 새가 지저귀고
풀잎에 맺힌 이슬방울이 영롱하게 빛난다.

사랑의 한숨

| 마르틴 그나이프 |

장미꽃 피어나는 봄날에
혼자서 쓸쓸해 하기 보다는
차라리 슬픔 속에 잠기리.

장미꽃 피어나는 봄날에
쓸쓸한 내 모습을 보기 보다는
슬픔으로 내 몸을
불 사르는 편이 나으리.

사랑의 아픔

| 칼릴 무트란 |

사랑의 순결한 아픔이여
사랑에 사로잡힌 마음이여

그 고통은 불처럼 뜨거우나 달콤하고
그 슬픔은 평온 속에 냉정하고
한때의 상처는 서글프지만
나는 그것을 변함없이 간직하려 한다.

이제 내 영혼은 치유되었지만
나는 갈구한다.
마음은 항상 그대로이기를
그 아픔 정녕 싫지 않았던 사랑이기에.

사랑의 비밀

| 투르게네프 |

꽃망울이 터지는 비밀한 순간을 기다려 보았는가.
굳게 다문 꽃잎들이 눈에 보이지 않게
살며시 부풀어 오르고
활짝 열리는 그 황홀한 순간을 기다려 보았는가.

하지만 우리는 기회를 놓친다.
이렇듯 꽃은 스스로 피어나는 그 은밀한 순간을
어느 누구에게도 보여주지 않는다.
사랑이 살며시 오는 것처럼
꽃은 이미 피어 영혼을 불사른다.

아무도 보지 못할 때만
꽃은 불꽃처럼 찬란한 모습을
그 누구도 모르는 순간,
그러나 돌아보면 처음부터 그랬던 것처럼 피어있다.
그것은 꽃들의 비밀
우리의 작은 사랑의 비밀.

사랑의 선물

| 기욤 아폴리네르 |

당신이 원하신다면
난 모든 것을 드리겠어요.
아침을, 나의 빛나는 이 아침을
그리고 당신이 좋아하는
나의 황금빛 머리카락과
나의 아름다운 푸른 눈까지도.

당신이 원하신다면
난 모든 것을 드리겠어요.
밝은 햇살이 따사롭게 비치는 곳에서
들려오는 아침의 모든 소리를
눈 뜨는 분수 속에서 솟아오르는
감미로운 맑은 물소리까지도.

마침내 찾아온 석양의 슬픔
내 쓸쓸한 마음의 눈물인 저 석양을
조그마한 나의 여린 손처럼
당신의 마음 가까이에
조용히 놔두지 않으면 안 될
나의 마음까지도.

사랑의 팔

| 슈트름 |

사랑의 팔에 안긴 일이 있는 사람은
절대로 비참해지는 일이 없다
비록 낯선 땅에서 홀로 죽어갈지라도.
연인의 입술에 닿아서 느낀
지난날의 행복이 다시 되살아나
죽음의 순간에서조차도
그녀를 자기 것으로 느끼게 마련이다.

사랑이 어떻게 되었느냐 묻기에

| 바이런 |

"저를 어떻게 사랑하게 되었나요?"
아, 그것을 내게 묻다니 너무나 가혹하군요.
그 많은 눈길을 읽으시고도
그대를 바라볼 때 나의 인생은 시작된답니다.

우리 사랑의 종말을 알고 싶으신가요?
미래가 두려워서 마음은 제자리이지만
사랑은 끝없는 슬픔의 끝을 헤매이며
내 삶이 끝나는 그날까지 살아가게 될 것입니다.

사랑의 간격

| 칼릴 지브란 |

함께 있되 거리를 두라.
그래서 하늘과 바람이 두 사람 사이에서 춤추게 하라.

서로 사랑하라.
그러나 사랑으로 구속하지는 말라.

그보다 너의 혼과 혼의 두 언덕 사이에
출렁이는 바다를 놓아두라.

서로의 잔을 채워 주되
한쪽의 잔만을 마시지 말라.

서로의 빵을 주되
한쪽의 빵만을 먹지 말라.

함께 노래하고 춤추며 즐거워하되
서로를 혼자 있게 하라.

마치 현악기의 줄들이
하나의 음악을 울릴지라도
줄은 서로 혼자 이듯이 서로 가슴을 주라.

그러나 서로의 가슴에 묶어 두지는 말라
오직 큰 생명의 손길만이
두 사람의 가슴을 간직할 수 있다.

함께 서 있으라
그러나 너무 가까이 서 있지는 말라.

사원의 기둥들도 서로 떨어져 있고
참나무와 삼나무는
서로의 그늘 속에선 자랄 수 없다.

사랑의 노래

| 수잔 폴리스 슈츠 |

나의 몸은
사랑의 저녁 노을 속에 타오르는
불꽃입니다.
천둥 번개, 지진이라 할지라도
당신에 대한 나의 열정보다는 뜨겁지 못합니다.

나의 심장은
우리의 사랑을 향한 불꽃입니다.
푸른 하늘과 무지개, 꽃들도
당신에 대한 나의 사랑만큼
아름답지 못합니다.

사랑의 숲

| 폴 발레리 |

우리는 아름다운 것을 생각했습니다.
나란히 길을 걸어가며
우리는 말없이 손을 잡았습니다.
이름 모를 꽃들 사이에서.

우리는 약혼한 사이처럼 걷고 있었습니다.
단 둘이서 풀밭의 초록빛 어둠 속을 그 사랑의 열매를
우리는 나누어 가졌습니다.
방황하는 사람들에게 그 다정한 달을.

그리고 우리는 끝내 이끼 위에 쓰러졌습니다.
너무 멀리 떨어져 단둘이 속삭이는
아늑한 숲의 다정한 그늘 밑에서.

하지만, 우리는 높은 하늘에서 쏟아지는 빛 속에서
울고 있는 서로를 보았습니다.
오, 다정한 벗, 침묵의 사람이여.

사랑의 철학

| 셸러 |

샘물이 모여서 강물이 되고
강물이 합쳐서 바다가 된다.
하늘의 바람은 영원히
달콤한 감정과 섞인다.
세상에 외톨이는 없다.
만물은 하늘의 법칙에 따라서
서로서로 다른 것과 어울리는데
어찌 내가 당신과 짝이 못 되랴?

보라, 산은 높은 하늘과 입맞춤하고
물결은 물결 끼리 서로 껴안는다.
햇빛은 대지를 껴안고
달빛은 바다에 입맞춤한다.
이런 모든 입맞춤이 무슨 소용 있으랴.
당신이 나에게 키스해 주지 않는다면!

사랑의 교훈

| 테클라 매를로 |

누구나 잘못을 할 수 있지만
누구나 솔직할 수 있는 것은 아닙니다.
그러나 진실한 사람의 아름다움은
무엇과도 비교할 수 없습니다.

솔직함은 겸손이고
두려움 없는 용기입니다.
잘못으로 부서진 것을 솔직함으로 건설한다면
어떤 폭풍우도 견뎌낼 수 있습니다.

가장 연약한 사람이 솔직할 수 있으며
가장 여유로운 사람이 자신의 모습을 볼 수 있고
자신을 아는 사람만이 자신을 드러낼 수 있습니다.

사랑의 고통

| H. 로렌스 |

당신의 사랑하는 고통을
나는 정말 견딜 수가 없습니다.

길을 걸으면서도 당신을 두려워합니다.
당신이 서 있는 그곳에서
어둠이 시작되고
당신이 나를 쳐다볼 때
그 눈으로 밤의 어둠이 찾아옵니다.
태양 속에 잠시 머무는 그림자를
난 지금까지 본 적이 없습니다.

당신의 사랑하는 고통을
나는 정말 견딜 수가 없습니다.

사랑의 세레나데

| A.M 드리나스 |

당신의 푸른 창으로
나에게 장미 한 송이를 던져주세요.
내 가슴 속은 빛으로 가득 차서
계절처럼 그대 창가를 찾아왔습니다.
내 눈 속에는 구름, 헝클어진 머리카락

당신은 한 잎 한 잎 피어난 장미 꽃송이
나의 사랑으로 그대에게 봄을 가져왔습니다.
먼지 덮인 먼 길을 가로질러
당신에게 노래를 가져왔습니다.

투명한 물방울은 떨리는 진실
꽃망울 아래 접혀진 모든 비밀
가지마다 뿜어 나오는 그대를 위한 향기
당신을 위한 재스민, 카네이션, 백합 …….

당신의 입술에서 새소리가 흘러나오고
마음의 눈동자에 피어나는 수선화
떨어진 입맞춤, 두 뺨에서
아카시아 꽃으로 전율하는 새벽.

당신의 창으로 장미 한 송이 건네 지는 날
내 가슴 속은 불빛으로 가득 차 오고
지나가는 계절처럼 당신의 창을 스쳐 지나가고 있습니다
내 눈 속에는 구름, 헝클어진 머리카락.

진정으로 사랑한다는 것은

| E. L 쉴러 |

진정으로
사랑한다는 것은
이별을
눈물로써 대신하는 것이
절대로 아닙니다.

곁에 있던 사람이 먼 길을 떠나는 순간
사랑의 가능성이
모두 사라져 간다 할지라도

그대 가슴 속에 남겨진
그 사랑을 간직하면서
사랑하는 마음을 버리지 않는 것이
진정으로
사랑하는 것입니다.

사랑의 모든 것

| 토머스 아켐피스 |

사랑
그 존재 하나만으로도
세상의 모든 고통을 덜어주는 최상의 선물.

내 사랑을 지켜보면 잠들 때까지
나 피곤하여도 지치지 않으며
불편할지언정 강요 받진 않네.

사랑
그것은 질실되고 부드럽고 강하며
충실하고 신중하고
오래 인내하며 용감하네.

사랑은 용의주도하며 겸허하고
올바르게 지치지 않고
변덕스럽지 않고 헛되지 않으며
침착하고 순결하고 확고하고 조용하며
모든 감각 속에서 지켜진다네.

사랑의 종말

| 로제티 |

죽음만큼이나 강했던 사랑이 종말을 고했다.
시드는 꽃 속에
사랑이 누울 자리를 만들자.
머리맡에는 푸른 잔디밭
발 옆에는 돌 하나 놓아
고요한 저녁 나절
그곳에 우리가 앉도록 하자.

사랑은 봄에 태어나
가을이 되기 전에 끝나버렸다.
마지막 뜨거웠던 여름날
사랑은 떠나갔다.
차가운 잿빛 가을 황혼에
사랑은 머물러 있지 않는다.
우리 사랑의 무덤가에 앉아
가 버린 사랑을 노래하자.

남다른 사랑

| 샤퍼 |

그대여, 우리는 마치 서로의 모든 것을
속속들이 다 알고 있다는 듯 살아가는
부부가 되어서는 안 됩니다.
그런 부부는 상대방을
너무나 잘 알고 있다고 생각하기에
할 말이 없고 그저 참고 견디며
그럭저럭 살아가고 있는 듯 보입니다.

자신들도 모르는 사이 그들은
죽어 있는 삶을 살아가고 있는지도 모릅니다.
그래서 그 무기력함을 감추려고
애써 재미를 찾아 나서고
애써 유쾌함을 가장합니다.

그들도 젊어서는 사랑한다고 여겼고
아니 진정 사랑했을 것입니다.
그러나 그들은 한 가지 중요한 것을 놓친 것입니다.
사랑도 성장해 가는 것이라는 것을.

아주 조심스럽게, 아주 섬세하게
가꾸어 나가야 한다는 것을.
사랑은 세심하게 마음을 쓰지 않으면
지속될 수 없다는 것을.
사랑이 얼마나 약하고
상처 입기 쉬운 것인지를 몰랐던 것입니다.

그대여, 우리의 사랑은
그저 같은 식탁의 밥을 먹는 사이로 전락해서는 안 됩니다.
그러기 위해 우리는 부단히
매일 사랑을 창조해 나가야 합니다.
그렇지 않으면 우리의 사랑도
마지못해 끌려가는 생활로 전락해 버리고 말 것입니다.

성냥개비 같은 사랑

| 자크 플로베르 |

고요한 어둠이 내리는 시간
성냥개비 세 개에
하나씩
불을 붙인다.

첫째 개피는 너의 얼굴을 얻기 위해
둘째 개피는 너의 두 눈을 얻기 위해
마지막 개피는 너의 입을 보기 위해

그리고 불이 꺼지면
찾아 온 깊은 어둠 속에

너를 내 품에 안고
그 모든 것을 기억하기 위해

사랑은 쓰고도 단 것

| 맥도날 |

사랑은 쓰지만
사랑은 달기도 합니다.
둘이 서로 만나기까지 한숨에 젖고
한숨 지으며
또다시 만나서 사랑하는 사람들
이별을 하면서 만나고
또다시 한숨을 짓습니다.
쓰고 달콤한 사랑의 괴로움이여!

사랑은 앞 못 보는 소경과 같고
사랑은 장난꾸러기입니다.
소경에 장난꾸러기인 사랑
생각은 대담하지만 말은 수줍게 합니다.
대담하고도 수줍은 사랑.
대담하다 가는 수줍어 하고 다시 대담해지는
사랑은 수줍음과 괴로운 것입니다.

처음으로 사랑하는 사람은

| 하이네 |

처음으로 사랑하는 사람은
비록 불행하다 해도 신이랍니다.

하지만 불행한 사랑을
두 번씩 하는 사람은 바보랍니다.

나는 그러한 바보, 사랑을 받지도
못한 채, 또 다시 사랑에 빠졌습니다.

해와 달과 별들이 깔깔대고 웃습니다.
나도 따라 웃으며 죽어간답니다.

누군가를 사랑한다는 것은

| M. 리치스 |

누군가를 사랑한다는 것은
상처와 아픔을 느끼고도 그 마음을 극복한 뒤
모두 잊을 수 있다는 것을 의미합니다.
누군가를 사랑한다는 것은
상대방이 완벽하지 않다는 것을 깨닫는 것
단점이 눈에 보여도
내가 사랑하고 좋아하는 부분만 바라보며
있는 그대로의 그 사람을 기쁘게 받아들일 수 있어야 합니다.
누군가를 사랑한다는 것은
가슴이 아플 때까지 끊임없이 주는 것
두 사람이 나누어 가질 수 있는
가장 위대한 선물은 믿음과 이해입니다.
그것은 사랑으로부터 생겨나지요.
사랑은 자신의 전부를 주고서도
보답으로 조용히 돌아오는 미소 하나면
족하다고 생각하는 것이랍니다.

사랑은 수수께끼

| 사퍼 |

사랑은 강요할 수 없지만
그러나 영원할 수는 있습니다.

사랑은 대가를 치르고 얻을 수 없지만
그러나 놀라운 선물처럼 받을 수는 있습니다.

사랑은 요구할 수 없지만
그러나 기다릴 수는 있습니다.

사랑은 만들어 낼 수 없지만
그러나 조금씩 자라게 할 수는 있습니다.

사랑은 재촉할 수 없지만
그러나 자연스럽게 넘쳐나게 할 수는 있습니다.

사랑은 능동적인 힘

| 셸드레이크 |

생명은 보이지 않는
힘의 작용으로 살아가고 있습니다.
그러므로 주위 사람이나
주위에서 일어나는 일에 대해
항상 주의를 기울여야 합니다.

이건 아주 중요한 일입니다.
본다는 것은 영향을 끼친다는 말입니다.
우리는 이런 사실을 잘 알고 있으면서도
실천하지 않는 경향이 있습니다.

가정에서는 부모가
지식에게 주의를 기울이는데
그와 똑같은 일이라 할 수 있습니다.

사랑이 능동적인 힘이라면
감사는 수동적인 힘이지요.

사랑은 두 사람의 역사입니다

| 바브 업햄 |

사랑에는 시간이 필요합니다.
서로의 마음을 주고 받으며 울고 웃는
역사가 필요합니다.
사랑에는 간절한 애정을 표현하며
적극적으로 귀 기울어주는
이해의 마음이 중요합니다.
사랑하는 사람의 행복과 위안과
편안함을 위한 일이라면
무엇이든 받아들이고
행동할 수 있어야 합니다.
그래서 때로 사랑은 아프고 슬픕니다.
가끔은 의견 충돌이란 다툼이 있고
괴로운 감정도 존재한다는 것을
깨닫고 받아들이는 것이 사랑입니다.
때로는 서로 멀어져 서먹할 때도 있지만
사랑은 그 사람을 믿고
모든 것을 인내하는 약속의 역사입니다.

나의 마을을 위해서라면

| 네루다 |

나의 마음을 위해서라면 당신의 가슴으로 충분합니다.
당신의 자유를 위해서라면 나의 날래고 충분합니다.
당신의 영혼 위에서 잠들고 있던것은
나의 입으로부터 하늘까지 올라갑니다.

나날의 환상은 당신 속에 있습니다.
꽃술에 맺혀 있는 이슬처럼
당신은 사뿐히 다가옵니다
당신의 모습이 나타나지 않음으로써
나는 지평선을 파들어 갑니다.
그리고는 파도처럼 영원히 떠나갑니다.

소나무 돛대처럼
당신의 바람을 통해 노래한다고
나는 말했씁니다.
그들처럼 키가 크고 말이 없지만
길 떠난 나그네처럼
갑자기 당신은 슬픔에 잠겨 버립니다.

옛길처럼 당신은 언제나 다정합니다.
산울림과 향수의 소리가
당신을 살풋이 얼싸안아 줍니다.
당신의 영혼 속에서 잠들던
새들이 날아갈 때면
나는 깊은 잠에서 깨어납니다.

나의 사랑하는 사람에게

| 헤르만 헤세 |

나의 어깨 위에
괴로운 머리를 얹으십시요. 말없이
눈물의 달콤하고 서럽게 지친 앙금을
남김없이 맛보십시요.

이 눈물을
간절히 소망하며 담담하게
보람도 없이
그리워할 날이 올 것입니다.

Ⅱ
나의 머리 위에
그 손을 얹으십시요. 나의 머리는 무겁습니다.
나의 청춘을
언제인가, 당신은 앗아갔습니다.

끝없이 아름답게 여겨지던
화사한 청춘과 기쁨의 샘은
되찾을 수 없게 사라져 가고
슬픔과 노여움만이 남아 있을 뿐입니다.

심한 열정에 들떠서
지나간 사랑의 갖가지 기쁨이
잠 자지 않는 나의 꿈을 스치다가
상처를 입은 그 끝없는 밤들이.

드물게 휴식할 때만은, 나의 청춘이
수줍은 창백한 손님처럼
나에게로 다가와 신음하며
나의 마음을 무겁게 합니다.

나의 머리 위에
그 손을 얹으십시요. 나의 머리는 무겁습니다.
나의 청춘을
당신은 나에게서 앗아갔습니다.

사랑하는 사람이여

| 롱펠로우 |

사랑하는 사람이여
편히 쉬세요.
그대를 지키려고 나 여기에 왔습니다.
그대 곁이라면
혼자 있어도 나는 기쁩니다.

그대 눈동자는 아침의 샛별
그대 입술은 한 송이 빨간 꽃
사랑하는 사람이여
편히 쉬세요.
내가 싫어하는 시계가
시간을 헤아리고 있는 동안에.

내가 사랑하는 사람

| R. 홀스트 |

우리 서로에게 다정하게 대해요,
사랑하는 이여
오랜 세월 바람에 떠돌던 별들 아래서
감당할 수 없이 외로우므로
우리 서로에게 부드럽게 마주해요.

하지만 사랑의 숭고한 말들을
함부로 말하지는 말아요.
피할 수 없는 슬픔을 싣고 다니는 바람에
수많은 가슴들이 괴로워해야 할지 모르잖아요.

마치 오래된 숲길을 떠도는 공기방울 같이
모든 것이 불확실하니
어찌 알 수 있을까요.
오직 바람만이 알 수 있지요
내 사랑하는 이여.

우리 외로우면
서로 머리 기대고 살아요.
오래 전부터 불어오는 바람으로 침묵하면서
마지막까지 아껴 두었던 꿈을 함께 나눠요.
수많은 사랑이 바람에 갈 길을 잃어버리고
바람이 원하는 걸 우린 알지 못해요.
그러니 다시 서로를 잃어버리기 전에
우리 서로에게 부드럽게 대해요
내 사랑하는 이여.

어떻게 사랑이 너에게로 왔는가

| 릴케 |

어떻게 사랑이 너에게로 왔는가
밝은 햇빛처럼, 찬란한 꽃잎처럼
아니면 간절한 기도처럼 왔는가.

행복이 반짝이며
하늘에서 몰려와 날개를 접고
꽃피는 내 가슴에 사뿐히 온 것을.

하얀 국화꽃이 핀 어느날
그 집의 이름다움이 불안감을 주면서
늦은 밤에 그러면서 조용히
너는 나에게로 왔다.

나는 끝까지 불안하였고, 하지만 꿈 속에서
너를 찾아 헤메이고 있었다.
네가 나에게로 오고 난 이후부터
먼 이국의 동화에서처럼
밤은 계속 깊어갔다.

사랑은 조용히 천천히 오는 것

| G. 벤더 빌트 |

사랑은 조용히 천천히 오는 것
외로운 여름과
꽃이 시들고
기나긴 세월이 흐를 때

사랑은 조용히 천천히 오는 것
얼어붙은 물 속으로 파고드는
밤하늘의 총총한 별처럼
조용히 내려앉는 눈과 같이

조용히 천천히
땅 속에 뿌리박는 사랑의 열정은
더디고 조용한 것
내리다가 치솟는 눈처럼
사랑은 살며시 뿌리로 스며드는 것
씨앗은 조용히 싹을 틔운다.
달이 커지듯 천천히.

내 사랑의 빨간 장미꽃

| 번즈 |

오, 내 사랑은 유월에 새로이 피어난
빨갛고 빨간 한 송이 장미꽃.
오, 내 사랑은 고운 선을
곡조 맞춰 달콤히 흐르는 가락.

그대 정녕 아름답다. 나의 귀여운 소녀
이토록 깊이 나 너를 사랑하노라
바닷물이 다 말라 버릴 때까지
한결같이 그대를 사랑하리라.

바닷물이 다 말라 버릴 때까지
바위가 햇볕에 녹아 스러질 때까지
한결같이 그대를 사랑하리라.

그럼 안녕, 내 하나뿐인 사랑이여
우리 잠시 헤어져 있을 동안
천 리 만 리 멀리 떨어져 있다 해도
나는, 다시 돌아오련다.

사랑만이 희망입니다

| V. 드보라 |

삶이 어려운 세상일수록
사랑만이 희망일 때가 있습니다.

새들은 하늘에 검은 구름이 드리우면
더욱 세찬 날갯짓을 합니다.
꽃은 날이 어두워지면 마지막 고개를 들지요.

마지막 순간에 하늘을 향하는 꽃처럼
검은 구름 속에서 더 높이 날으는 새들처럼
우리는 서로를 사랑함에 최선을 다해야 합니다.

때로는 사랑만이
진정한 희망일 때가 있습니다.

그대가 그리워지는 날에는

| 삽포 |

오늘 나는 당신이 그립습니다.
함께 있지 못해서
그래서 나는
당신과 함께 보냈던 행복한 날들을 떠올리고
당신과 함께 보낼 멋진 날들을 기다리며
오늘 하루를 보냈습니다.

당신의 미소가 그립습니다.
그 미소는 당신이 나를 사랑한다는
미묘하지만 숨길 수 없는
표현인 줄을 나는 알고 있습니다.

말은 안 해도 따스한 위안으로
모든 두려움을 녹여주지요.
그리고 당신의 그 미소는
깊고 진지한 사랑만이 줄 수 있는
행복감과 안도감을 내게 주었습니다.

그대의 손길이 그리워집니다.
어떤 손길보다도 더
따스하고 아늑한
그 부드러운 감촉
오늘 나는 그대가 너무나 그립습니다.

그대는 나의 반쪽이므로
나 혼자서 내 삶을
살 수 있다 해도
지금의 내 삶은
우리의 모든 경험을
아낌없이 나누는 삶입니다.

사랑 받지 못하여

| KJ 레인 |

나는 완벽한 외로움 그 자체
나는 텅 빈 허공
사방으로 떠도는 구름.

나에겐 형상이 없고
나에게는 끝이 없고
안식이 없다.

나에게는 집이 없고
나는 사방을 스쳐 가는
무심한 바람.

나는 물 위로 솟구치는 흰 새
나는 수평선
어느 기슭에도 닿지 못할 파도.

나는 모래 위로 밀어올려진 조개껍질
나는 지붕 없는 오막살이에 비치는 달빛
언덕 위 허름한 무덤 속에 잊혀진 죽은 자

나는 물통으로 물을 길어 나르는 늙은 사내
나는 빈 공간을 건너가는 광선
우주 밖으로 흘러가는
작아지는 별.

나 가진 것 모두 그대에게 주었습니다.

| 스윈번 |

그대여, 더 이상 원하지 말아요.
나 가진 것 모두 그대에게 주었습니다.
그대여, 더 값진 것이 있다면
모두 그대 발밑에 내어 주겠습니다.

단 한 번이라도 그대 옷깃에 스치우고
좀 더 참다운 그대의 사랑을 느끼고
그대의 정다운 이야기를 듣는다면
그 무엇이 나에게 아까우겠습니까.
그러나 사랑 밖에는 아무것도 없나니
내가 가진 것은 오직 그대를 향한 사랑뿐입니다.

더 값진 것 가진 이 있거든 그에게로 가십시오.
더 귀한 것 가진 이 있거든 그에게로 가십시오.
내가 가진 것이라고는
그대를 향한 붉은 심장뿐.

사랑하는 사람 가까이

| 괴테 |

희미한 햇빛, 바다에서 비쳐올 때
나 그대 생각하노라.
밝은 달빛이 샘물에 번질 때
나 그대 생각하노라.

길 저 멀리 뽀얀 먼지가 일 때
나 그대 모습을 보노라.
이슥한 밤 오솔길에 나그네 몸 떨 때
나 그대 모습을 보노라.

물결 높아 파도소리 거칠 때
나 그대 소리 듣노라.
자주 고요한 숲속 침묵의 경계를 거닐며
나 귀 기울이노라.

나 그대 곁에 있노라,
멀리 떨어져 있지만
그대 내 가까이 있으니.

해 저물면 별이
날 위해 곧 반짝여라.
오, 그대 여기 있다면.

당신을 사랑했습니다

| 푸쉬킨 |

당신을 사랑했습니다.
그 사랑은 아직도
내 마음 속에서 불타고 있습니다.

하지만 내 사랑으로 하여
더 이상 당신을 괴롭히지는 않겠습니다.
슬퍼하는 당신의 모습을
절대 보고 싶지 않으니까요.

말없이
그리고 희망도 없이
당신을 사랑했습니다.

때로는 두려워서
때로는 질투심에 괴로워하며
오로지 당신을 깊이 사랑했습니다.

부디 다른 사람도
나처럼 당신을 사랑하길 기도하겠습니다.

우리 서로 자주 만나지 못해도

| 수잔 폴리스 슈츠 |

우리 서로 자주 만나지 못해도
편지는 자주 못해도
나는 알고 있어요.

어느 때라도 당신에게
전화를 하거나 편지를 쓰거나
당신을 보러 갈 수 있다는 것을
그리고 우리는 전과 변함 없으리란 것을.

나의 모든 말과
나의 모든 생각을
당신이 이해해 주리라는 것을
우리의 우정은
함께 있어 지속되는 우정보다는
훨씬 더 정 깊은 우정이지요.

우리의 우정은
항상 우리의 마음에 남아
언제든지 우리가 필요할 때면
서로를 기꺼이 느끼는 친밀함이죠.

일생 동안 지속될
그런 우정이 우리에게 있다는 것
그 우정을 안다는 것은
그렇게도 포근하고
그렇게도 따뜻한 느낌이지요.

네 부드러운 손으로

| 라게르크비스트 |

네 부드러운 손으로
내 눈을 감게 하면
태양이 빛나는 나라에 있는 것처럼
내 주위는 그저 밝아진다.

나를 어스름 속으로 빠뜨리려 해도
모든 것은 밝아질 따름이다!
너는 내게 빛, 오직 빛밖에
달리 더 줄 수가 없는 것이다.

연 가

| 로제티 |

내가 죽으면, 사랑하는 사람이여!
나를 위해 슬픈 노래를 부르지 마세요.
내 머리맡에 장미꽃도 심지 말고
그늘이 깊은 삼나무도 심어서는 안 됩니다.
내 위에 푸른 잔디를 넓게 심어 퍼지게 하여
비와 이슬에 젖게 해주세요.
그리고 마음 속으로 기억해 주셨으면 합니다.
아니, 잊으셔도 괜찮아요.

나는 사물의 그늘도 깨닫지 못하고
비가 내리는 것조차 느끼지 못합니다.
깊은 슬픔에 잠겨 있다면 계속하여 울어대는
나이팅게일의 울음 소리도 듣지 못할 것입니다.
날이 밝거나 저무는 일이 없는
희미한 어둠 속에서 사랑을 꿈꾸며
아마 나는 당신을 잊지 못할 것입니다.
어쩌면 잊을지도 모릅니다.

그대를 아름다운 여름날에 비할까

| 세익스피어 |

그대를 아름다운 여름날에 비할까
그대는 이보다 더 온화하고 사랑스럽다.
세찬 바람이 오월의 꽃봉오리를 뒤흔들고
여름은 오는 듯 가 버리는 것
때로는 태양이 너무나도 뜨겁고
태양의 황금빛은 자주 그 빛을 잃고 흐려진다.

이런 모든 것들은 시간이 지나면
그 아름다움이 줄어들거나 사라지지만
그대의 영원한 여름만은 시들지 않고
그대 지닌 아름다움 잃지도 않으리.

또한 죽음은 그대에게 멀리 있고
영원한 시간 속에
인간이 숨 쉴 수 있고
눈으로 볼 수 있는 한
그만큼 오래도록 이 시는 살 것이고
또한 그대에게 생명을 주리.

사랑이 가기 전에

| 헤르만 헤세 |

I
나는 사슴이고, 너는 작은 노루
너는 새, 나는 나무
너는 태양, 나는 눈
너는 대낮, 나는 꿈

밤이 되면 잠든 나의 입에서
금빛의 한 마리 새가 너를 향해 날아간다
그 소리는 맑고, 날갯짓은 아름답다
새는 너에게 사랑의 노래를 부른다
사랑의 노래를, 나의 노래를.

II
네가 한 떨기의 꽃이라면
살며시 다가 오너라.
나의 것으로
나의 손이 너를 꺾기 위해.

빨간 한 잔의 포도주라면
달콤한 너의 입에 흘러들 수 있다면
온전히 너의 가슴 속으로 흘러들어
너와 내가 더욱 진실해질 수 있다면.

Ⅲ
나의 고향은 어디에 있을까?
나의 고향은 아주 작은 곳이다.
이곳에서 저곳으로 옮겨 다니며
내 마음을 함께 안고 간다.
나에게 슬픔과 기쁨을 주고
나의 고향은 바로 너다.

두려워해서는 안 됩니다

| 수잔 슈츠 |

두려워해서는 안 됩니다.
조건 없는 사랑에 빠지는 것을
사랑이란 언제나 가슴이 벅차고
아름답게 피어나는 감동입니다.

두려워해서는 안 됩니다.
자칫 아픈 상처를 입는다 해도
그 사람이 당신을
당신만큼 사랑하지 않는다 해도.
당신의 모든 일은 늘 확실치 않고
사랑의 대가는 크지 않습니다.

하지만 사랑에 완전히 빠져들어야 합니다.
정직하게 빠져들어야 합니다.
그렇다면 즐거운 마음으로 기다려야 합니다.
믿어야 합니다.
당신에게 일어나는 모든 일이
진정한 행복의 근원이라고
하나뿐이 행복의 시작이라고.

아주 잊어버리세요

| 사라 티즈테일 |

잊어버리세요.
꽃을 잊듯이
아주 잊어버리세요.
한때 황홀하게 타오르던 불처럼
아주 영원히 잊어버리세요.

시간은 친절한 벗과 같은 것
우리는 세월을 따라 늙어가지만
만일 누군가 묻는다면 대답하세요.
그건 이미 오래 전의 일이라고
꽃처럼 불처럼 아주 먼 옛날
눈 속으로 사라진 발자취처럼 잊었노라고.

사랑은 어떻게 찾아오는 것일까

| 릴케 |

사랑은 어떻게 찾아오는 것일까
빛나는 태양처럼 찾아오는 것일까
시나브로 떨어지는 꽃잎처럼 찾아오는 것일까
아니면 기도하는 모습으로 찾아오는 것일까
말해 주렴.

하늘에서 빛나던 행복이 내려와
날개를 접고 마냥 흔들며
꽃처럼 피어나는 내 영혼에
커다랗게 걸려있다.

사랑이란 가혹한 것

| 칼릴 지브란 |

한 송이 꽃을 심고
밭을 통째로 뿌리를 뽑아버리는 사랑
하루 동안 우리들을 되살려 놓았다가는
영원히 정신을 잃게 만드는
사랑이란 얼마나 가혹한 것인가.

사랑은
빛의 종이 위에
빛의 손길로 쓰여진
빛의 언어입니다.

두 가지 사랑의 두려움

| 맘 포아르 |

그날 그 밤이 다가왔습니다.
그녀는 나를 피하며 말했습니다.
"왜 다가 오시나요?
아, 난 당신이 정말 두렵습니다."

그리고 그 밤이 지나갔습니다.
그녀는 내게 다가오며 말했습니다.
"왜 나를 피하시나요?
아, 난 당신이 없으면 정말 두렵습니다."

당신을 만나기 전에는 몰랐어요

| 핀 |

누군가를 사랑하는 마음이
그렇게도 큰 기쁜 느낌이라는 것을
당신을 만나기 전에는 몰랐어요.
그토록 자연스러운 대화와
그토록 변함 없는 위안과
그토록 완전한 믿음을
내가 경험하게 되리라고는
당신을 만나기 전에는 몰랐어요.

나 자신을 낮춤으로써
그토록 많은 것을 되돌려 받으리라고는
당신을 만나기 전에는 몰랐어요.
무엇보다도 놀라운 것은
내가 사랑한다는 말을 할 수 있으리라고는
또 당신께 그 말을 전할 때
그 말의 뜻이 그토록 깊고 넓으리라고는
당신을 만나기 전에는 몰랐어요.

너를 사랑하고 있는지는

| 괴테 |

내가 너를 사랑하고 있는지는
나도 모른다.
단 한번 네 얼굴을 보기만 하면
단 한번 네 눈을 보기만 하면
내 마음은 괴로움의 흔적이 사라진다.
얼마나 즐거운 기분인가는 하느님만이 알고 있을 뿐.

내가 너를 사랑하고 있는지는
나도 모른다.
누군가는 이렇게 말한다.
'기쁨은 슬픔보다 위대한 것' 이라고
또 누군가는 이렇게 말한다.
'아니, 슬픔이야말로 위대한 것' 이라고

하지만, 나는 말하노라.
이 둘은 결코 떨어질 수 없는 것
이들은 함께 오는 것
그 중의 하나가 홀로
그대의 식탁 곁에 앉을 때면 잊지 말라.

당신이 날 사랑한다면

| 브라우닝 |

당신이 날 사랑한다면, 오직
사랑을 위해서만 사랑해 주셔요. 그리고 부디
'미소 때문에, 미모 때문에, 부드러운 말씨 때문에
그리고 또 내 생각과 잘 어울리는 재치 있는 생각 때문에
그래서 그런 날엔 나에게 느긋한 즐거움을 주었기 때문에
저 여인을 사랑한다' 고는 말하지 마세요.

이런 것들은 그 자체가 변하거나
당신을 위해 변하기도 합니다.
그러기에 그처럼 짜여진 사랑은
그렇게 풀려 버리기도 한답니다.

내 뺨에 흘린 눈물을 닦아 주는 당신의
사랑어린 연민으로
날 사랑하지 마세요.
당신의 위안을 받았던 사랑은 울음을 잊게 되고
그래서 당신의 사랑을 잃게 될지도 모르니까요.

오직 사랑을 위해서만 날 사랑해 주세요.
언제까지나 사랑의 영원을 통해
당신이 사랑을 누리실 수 있도록.

지금의 나를 사랑해 주세요

| 가나모리 우라코 |

만일 자신을 용서하고
자신을 사랑하지 않으면
당신은 자신의 아름다움만
알지 못하는 것이 아닙니다.

청명한 하늘 반짝이는 별의 감동
숨 쉬는 것의 경이로움
바람과 수목의 속삭임
비오는 날의 포근함
당신을 둘러싼 모든 사물의
아름다움도 보지 못합니다.

친구와 부모 형제
그리고 주위의 모든 사람들의
아름다움도 알지 못한 채
세월을 보낼지도 모릅니다.

진실한 사랑의 모습은

| 마이트레야 리엘 |

인류를 변화시키는 유일한 길은
자신의 이웃보다
이방인들을 더 사랑하는 일입니다.

우리가 백인이라면 백인보다
흑인을 더 사랑해야 합니다.

우리가 동성애자라면 동성애자들보다
이성애자를 더 사랑해야 합니다.

자신의 종교를 믿는 사람들보다는
다른 종교를 믿는 사람을 더 사랑해야 합니다.

당신을 사랑하느냐고요?

| 브라우닝 |

당신을 어떻게 사랑하느냐고요?
한번 깊이 생각해 보세요.
비록 그 빛은 안 보여도 존재의 꿈과
영원한 영광에 내 영혼 이룰 수 있는
그 도달할 수 있는 곳까지 사랑합니다.
태양 밑에서나, 혹은 촛불 아래서나
하루하루의 짧은 경계까지도 사랑합니다.
권리를 주장하듯 자유롭게 당신을 사랑합니다.
칭찬에 몸 둘 바를 몰라 돌아서듯
순수하게 당신을 사랑합니다.
옛 슬픔에 쏟았던 정열로써 사랑하고
내 어릴 적 믿음으로 사랑합니다.
이미 세상을 떠난 성인들과 더불어 사랑하고
잃은 줄만 여겼던
사랑의 불로 당신을 사랑합니다.
내 한평생의 숨결과 미소와 눈물로써 당신을 사랑합니다.
신의 부름을 받더라도
죽어서 더욱 사랑하겠습니다.

사랑을 물으신다면

| 콘라드 P. 에이킨 |

머리 위로 파란 가을 하늘이 드리우고
낙엽이 하나 둘씩 떨어질 때 말해 주세요.
우리가 왜 사랑에 빠지는 지
사랑이 무엇을 줄 수 있는 지
다시 말해 주세요.

우리 둘 사이로 떨어지는 낙엽
나지막이 울려 퍼지는 종소리
스쳐 지나는 그림자, 희미한 가을 햇살
이 모든 것이 사랑이에요.

내가 입맞춤을 하려고 몸을 기울일 때
그대가 딴 생각을 하고 있음을
내가 눈치 챘을 때
나는 그대를 미워할 수 있어요.
이런 것이 바로 사랑이지요.

서로를 응시하는 눈동자나
마주 닿는 입술보다도
돌과 만나는 돌이
더 수많은 사랑을 알고 있지요.

우리가 아는 사랑이란 모두
쓰디쓴 것 뿐이지요.
그래도 사랑의 기쁨에 비하면
정말 아무것도 아니에요.

사랑이라는 얼굴

| 자크 프레베르 |

사랑이라는 달콤하고
위험천만한 얼굴이 무척이나
오랜 세월이 흐른 후

어느 날 저녁 내게 나타났지.
그것은 활을 가진 궁사였을까?
혹은 하프를 안은 악사였을까?

난 더 이상 모르네
아무 것도 모른다네
내가 알고 있는 거라곤
그 이가 내 마음에 상처를 입혔다는 것뿐.

화살이었을까? 노래였을까?
내가 알고 있는 거라곤
그가 내 가슴에 상처를 심었다는 것뿐.
영원히 뜨겁게 타오르는
너무도 뜨겁게 불타오르는
사랑의 상처.

그대를 만나러 가는 길

| 타고르 |

약속한 장소로 나 홀로 만나러 가는 밤
새들은 노래하지 않고
바람 한 점 없고
거리의 집들도 묵묵히 서 있을 뿐
내 발걸음만 소리를 내고 있습니다.

나는 부끄러움으로 홀로 발코니에 앉아
그 이의 발걸음 소리를 기다리고 있습니다.
나무 하나 흔들리지 않고
세차게 흐르던 물여울조차
잠든 보초의 총처럼 고요합니다.
거칠게 뛰고 있는 것은 오직 내 심장뿐
어떻게 진정할 수 없겠습니까?

사랑하는 그대 오시어
내 곁에 앉으면
내 온몸은 마냥 떨리기만 하고
내 눈은 감기고 밤은 곧 어두워집니다.

바람이 살포시 촛불을 꺼버립니다.
구름이 별을 가리며 장막을 드리웁니다.
그러자 내 마음속 보석이 반짝반짝 빛납니다.
어떻게 그것을 감추겠습니까?

누구의 입술에 키스를 했는지

| 밀레이 |

누구의 입술에 키스를 했는지
어디서 왜 그랬는지 잊고 말았다.
누구의 팔이 아침까지 내 머리 아래 놓여 있었던지도 잊었으나
오늘 저녁도 비가 많은 망령을 거느리고
창문을 두드리며 한숨으로 대답을 기다린다.

내 마음속에서 고요한 뉘우침이 소용돌이 치느니
이미 한밤에 소리를 지르며 내게로 다가온다
생각해 낼 수 없는 젊은이 들을 위하여.
한 겨울에 쓸쓸한 나무는 서 있고
어떤 새가 한 마리씩 사라져 버렸는지 알지 못하나
나무는 전보다 더 고요하다.

어떤 사랑이 찾아왔다 갔는지 나는 말할 수 없다.
아직은 여름이 잠시 내 안에서 노래하고 있었으나
이제는 노래하지 않음을 알고 있다.

침대에서

| 레버토브 |

두 사람은 꿀벌이 노래하는 목장이다.
마음과 육체가 하나가 되어

난로 안에서는 불이 타오르고
서로의 눈을 감고서

입과 입을 포갠다.
시트를 어깨로부터 덮어쓰고

들판을 가고 있는 줄지은 말처럼
정답게 눈을 감는다.

가을의 싸늘함이 두 사람의 따뜻한 침대를 감싼다.
낮 동안에는 서로 떨어져 쓸쓸한 때가 있지만.

버림받은 아가씨

| 뫼리케 |

새벽녘 닭이 울 무렵
별 무리 사라지기 전에
나는 난로에다
장작을 쌓아야 해요.

불빛은 아름다워요
불꽃이 사방에 튀지요.
때문에 슬픔에 잠겨
나는 멍하니 보고 있지요.

참, 갑자기 생각나네요
불성실한 당신
당신의 일이 생각나요
나는 밤새껏 꿈꾸었어요.

그러자
눈물이 뚝뚝 떨어지네요
이렇게 아침이 옵니다.
아아, 그러나 또 밤이 오면...

부정한 유부녀

| 로르카 |

그래서 나는 그 여인이 처녀인 줄 알고
강가로 데리고 갔네
그러나 그 여자에겐 남편이 있었네.

때는 마치 약속이나 한 듯
산티아고 축제의 밤
모든 등북이 다 꺼져 있었고
귀뚜라미만 울고 있었네
아주 후미진 곳에 이르렀을 때
나는 그녀의 잠든 젖을 애무했지.

그러자 그녀는 히아신스 가지처럼
갑자기 활짝 열려 오는 것이었네
가볍게 풀을 먹인 속치마는
열 개의 칼에 찢긴
비단 조각 같이
나의 귓전을 울려 주었네.

가지와 잎에 흰빛도 받음 없이
나무들은 잘도 자랐지만
그리고 멀리 강 건너 지평선에선
개가 짖어대고 있었네,

산딸기와 등나무 덤불
그리고 가시나무 숲을 넘어
그 밑에 아득한 자리를
마련하였네.

나는 넥타이를 풀었고
그녀는 옷을 벗었지
나는 권총대를 풀었고
그녀는 네 개의 속옷을 벗었지.

감송향도 달팽이도
그렇게 보드라운 살결을 가질 수가 없었네
그녀의 살결은 놀랜 물고기 같이
내게서 미끄러져 빠졌고
근육의 반은 뜨겁게 타는 불
반은 차가워.

그 날 밤 나는
고삐도 안장도 없는
진주로 된 어린 말을 타고
가장 좋은 길 중의 길을
달렸네.

들장미

| 괴테 |

어린이는 한 떨기 장미를 보았습니다
들에 피어 있는 장미
피어난 향긋한 아침의 향기
달려가 장미꽃을 바라보았습니다.
웃음 머금은 장미
장미 붉은 장미
들에 피어 있는 한 떨기 장미.

어린이는 말했습니다. 나는 꺾겠고.
들에 피어 있는 장미를
장미꽃은 말했네. 너를 찌르리
두고 두고 그 꽃을 보기 위하여
마침내 그 장미를 꺾고 말았네
장미 장미 붉은 장미
들에 피어 있는 장미

개구쟁이 어린이는 꺾고 말았네
들에 피어 있는 장미
가시는 어린이를 찌르고
꺾이지 않으려 몸부림 쳤으나
끝내 꺾이고 말았네
장미 장미 붉은 장미
들에 피어 있는 장미

용담꽃

| 브라이언트 |

그대, 가을 이슬로 해서 빛나는 꽃이여!
하늘빛으로 채색되어
그대는 살갗에 스미는 추운 밤에
고요한 날이 계속되는 때 피어난다.

그대는 제비꽃이 시내와 샘물가에
머리 숙여 필 때 오지 않고
매발톱꽃이 보랏빛 옷을 입고
새둥지 밑에 그림자가 드리우는 때는 피지 않는다.

그대는 오랜 기다림 끝에 홀로 찾아와서
숲은 낙엽지고 새는 날아가
찬 서리와 짧은 가을날 빛이
겨울이 가까웠음을 알릴 때 온다.

그때 그대의 우아하고 고요한 눈은
보랏빛 소매를 들어 하늘을 우러르니
그 천정에서 꽃을 떨어뜨린 듯하다.

내가 소망하는 것은 나 또한 너와 같이
죽음의 때가 내게 다가올 때
희망이 내 마음 속에 꽃으로 피어
세상을 떠나면서도 하늘을 우러르기 바란다.

그대를 사랑하기에

| 헤르만 헤세 |

그대를 사랑하기에
나는 그대에게 속삭였습니다.
그대가 나를 영원히 잊지 못하도록
그대 마음을 훔쳐 왔습니다.

그대의 마음은 나와 함께 있으니
좋든 싫든 오로지 내 것이랍니다.
설레며 불타오르는 내 사랑
어떤 천사라 해도 그대를
빼앗진 못할 것입니다.

너의 그 말 한 마디에

| 하이네 |

너의 해맑은 눈을 조용히 들여다보면
나의 온갖 고뇌가 사라져 버린다.
너의 고운 입술에 입을 맞추면
나의 영혼이 잠자듯 되살아난다.

따스한 너의 가슴에 몸을 기대면
마치 천국에 온 것 같은 느낌
"당신을 사랑해요."
너의 그 말 한 마디에
한없이 한없이
눈물이 마음 속 깊이 흘러내린다.

흰 달

| 베르레느 |

흰 달
숲에서 빛나고
가지마다
소근거리는 은은한 소리
우거진 나뭇잎 그늘에서.

아아, 내 깊은 사랑이여.

연못
해 맑은 거울에
그림자 드리우는
검푸른 버드나무
그 가지 사이로 바람이 지난다.
알 수 없는 꿈이 맺힌다.

고요함
너무 크고 부드러워
무지개빛
눈부신 달빛에 젖어
하늘에서 쏟아진다. 가는 비처럼
아아! 너무나 아름다운 밤.

노래

| 조이스 |

도니마니 근방에 갔을 때
어둠 속으로 박쥐가 나무에서 나무로 날아다닐 무렵
사랑하는 이와 나는 어깨를 나란히 하고 거닐었습니다.
그녀의 말은 사랑에 달콤했습니다.

여름날의 밤바람은 우리들과 함께
다정히 속삭이며 지나갔습니다.
즐거운 기쁨을 싣고!
하지만 젖은 듯한 여름의 산들바람보다도
그녀가 준 입맞춤은 더 부드러웠습니다.

나는 생각한다

| 네루다 |

나는 생각한다. 키스와 침대
빵을 나누는 사랑을.

영원한 것이기도 하고
덧없는 것이기도 한 사랑을

다시금 사랑하기 위하여
자유를 원하는 사랑을.

찾아오는 멋진 사랑을
떠나가는 멋진 사랑을.

나를 생각하세요

| A. 베게르 |

창문 앞에 드리운 나팔꽃의 흔들림을 보고
지나가는 바람의 한숨이라고 생각한다면
그 푸른 잎사귀 밑에서
내가 숨어서 한숨 짓는다고 생각하세요.

당신의 등 뒤에서 작은 소리가 들리고
멀리서 누군가 부른다고 돌아보고 싶다면
쫓아오는 그림자 속에
내가 숨어서 부르는 걸로 생각하세요.

깊은 밤에 이상하게도 가슴이 설레이고
입술에 불타는 입김을 느끼신다면
눈에 보이지 않아도 당신의 바로 곁에
내 입김이 서린다고 생각하세요.

언제나 서로에게 소중한 의미이기를

| 세리 도어티 |

그대가 나를 얼마나 생각하는지
그대의 두 눈을 보면 알 수 있습니다.
그대가 나를 사랑하고 있다는 것을
나는 너무나 잘 알고 있습니다.
내 가슴으로 느끼는
다정다감한 감정을 모두 표현하기란
쉽지 않다는 것을 알아주기 바랍니다.

낮이나 밤
일 년 내내 어느 때나
내 마음은 언제나 변함이 없습니다.
앞으로도 또 여러 해가 지난 후에도
우리 두 사람은
언제나 서로에게
지금 만큼의 의미를 지니도록 기도드립니다.

내 사랑을 멈출 수 없습니다

| C. 시데스 |

그대를 사랑하는 마음
멈출 수 없습니다.
그래서 추억으로
간직하기로 마음먹었습니다.

그대를 원하는 마음
멈출 수 없습니다.
그래서 어제의 꿈 속에서
살기로 마음먹었습니다.

비록 오래 전의 일이지만
우리의 행복했던 시절은
아직도 나를 우울하게 합니다.

세월이 흐르면
마음의 상처도 지워진다지만
우리가 이별한 순간부터 시간은 흐르지 않고
그대로 고여 있습니다.

그대가 있기에

| 피터 맥 윌리엄스 |

그대가 있기에
나는 감격했고
그대가 먼저 행동하였기에
나는 몰랐고
그대가 먼저 나에게로 다가와서
나는 숨이 막혔고
그대가 내 곁에 있기에
나는 행복했습니다.

함께 있으면
우리는 하나
따로 있으면
우리는 저마다
완전한 존재
이것이 우리의 꿈이게 하고
이것이 우리의 목표가 되게 하였습니다.

내 마음은

| S. 윌리엄스 |

내 마음은
그녀의 보드라운 장밋빛 손바닥에 놓인
물 한 방울
황홀한 침묵에 목을 떨며
손바닥이 움직이는 대로 따라 움직인다.

내 마음은
그녀의 뜨거운 손에서
부서지는 붉은 장미 꽃잎
이제 최후의 향기를 토해 내고
운명의 손아귀 속에서 사라져 버린다.

내 마음은
증발해 버린 구름 한 조각
태양을 따라 아름답게 변하고
그 품속에서 무지개를 만나며
끝내는 녹아내려 눈물로 변해 버린다.

내 마음은
내가 사랑하는 하프
연주할 손이 없어 침묵을 지키는 현악기
무정하게, 잔인하게
누군가 만져만 준다면
산산이 부서지며 노래하리라

너에게로 다시

| 번즈 |

오, 내 사랑은 6월에 갓 피어난
붉고 붉은 한 송이 장미
오, 내 사랑은 아름다운 선율
곡조에 맞춰 달콤하게 흐르는 가락.

나의 귀여운 소녀여
그대는 정녕 아름답구나.
나 이토록 깊이 너를 사랑하노니
바닷물이 다 말라버릴 때까지
한결같이 그대만을 사랑하리라.

바닷물이 모두 말라버릴 때까지
바위가 햇볕에 녹아 스러질 때까지
인생의 모래알이 다하는 그날까지
한결같이 그대만을 사랑하리라.

그럼 안녕, 하나뿐인 사랑아
우리 잠시 헤어져 있을 동안만
수백, 수만 리 떨어져 있다 해도
나는 다시 너에게로 돌아오리라.

지난날 그대와 더불어

| 게오르게 |

지난날 그대와 더불어
저녁 풍경 내다보던 창문은
달빛 어려 이렇듯 밝습니다만.
지난달 그대 매정히도
뒤돌아보지 않고 간 골짜기 길이
지금도 창문에서 내다보입니다만.

몸을 돌려 다시 한 번 달빛 우러러보면
그대 얼굴 한없이 창백하였으니…
그대를 부르기엔 이미 때가 늦었군요
어둠과 – 침묵 – 얼어붙은 대기는
그때나 다름없이 집을 감싸고 내리는데
그대 나의 즐거움을 모두 앗아갔습니다.

저기 지나가는 여인에게

| 휘트먼 |

저기 가는 여인이여!
내 이토록 당신을 바라보고 있음을 당신은 모릅니다.
당신은 내가 찾고 있던 바로 그 사람
지난 날 나는 당신과 함께
희열에 찬 삶을 누렸습니다.

당신의 몸은 당신의 것만이 아니었고
내 몸 또한 그러했습니다.
당신의 눈, 얼굴, 고운 살은
내게 기쁨을 주었고
당신은 그 대신 나의 턱수염
나의 가슴, 나의 두 손에서 기쁨을 얻었습니다.

나는 당신에게 말을 걸어서는 안 됩니다.
나 홀로 앉아 있거나 외로이 잠 못 이루는
밤에 당신 생각을 해야 합니다.
나는 기다려야 합니다.
당신을 다시 만나게 될 것을 믿으며
다시는 당신을 잃지 않겠다며 굳게 다짐하며.

당신의 행복

| 칼릴 지브란 |

당신은 행복합니다.
한낮의 태양 앞에서
깊은 밤 별들 앞에서
또한 당신은 행복합니다.

태양도 달도 별도
모두 존재하지 않을 때
이 모든 것들이 있는 앞에서도
두 눈을 감을 수 있다면
당신은 진정 행복합니다.

행복한 사람이 되기 위하여

| 타카모리 켄테스 |

지키지 못할 약속은 해서는 안 됩니다.
부부도 원래 타인에 지나지 않습니다.
타인의 장점은 주저하지 않고 칭찬해야 합니다.
현명한 사람은 누구에게서나 배웁니다.

위기야말로 절호의 기회
나를 바꾸면 주위가 바뀝니다.
베푼 은혜를 생각하지 말고
받은 은혜를 잊어서는 안 됩니다.

하등 인간은 혀를 사랑하고
중등 인간은 몸을 사랑하고
상등 인간은 마음을 사랑해야 합니다.

바다에서

| 사이조 야소 |

별을 헤이면 일곱개
금으로 된 등대는 아홉개
바위 틈에 하얀 작은 굴은 수 없이
생겨나지만
내 사랑은 하나뿐이다.
외롭다.

그대 없이는

| 헤르만 헤세 |

나의 베개는 밤에
나를 묘석과 같이 허무하게 쳐다봅니다.
홀로 있는 것이 그대의 머리 베개를 삼지 못하는 것이
이렇게도 쓰라린 것이라고는 생각지 않았습니다.
나는 고요한 집 속에서 홀로
매달린 램프를 끄고 엎드려 그대의 손을 잡으려고
살며시 두 손을 뻗습니다.
그리고 뜨거운 키스를 합니다.
갑자기 나는 눈을 뜨면
주위는 말없는 차디찬 밤
유리창에 별이 반짝반짝 비칩니다.
오, 그대의 금발은 어디에 있는가?
그대의 달콤한 입은 어디에 있는가?
이제 나는 어떠한 기쁨 속에도 슬픔을
어떠한 포도주 에서도 독을 마십니다.
그대 없이 홀로 있는 것.
이렇게 쓰라리다는 것을 미처 몰랐습니다.

그대 눈 속에서

| 다우첸다이 |

그대 눈 속에서
나를 쉬게 해 주세요.
그대 눈은 세상에서
가장 고요한 곳.

그대 검은 눈동자 속에서
살고 싶어요.
그대의 눈동자는
아늑한 밤과 같은 평온.

지상의 어두운 지평선을 떠나
단지 한 발자국이면
하늘로 올라갈 수 있나니.

아, 그대의 눈 속에서
내 인생은 끝이 날 것을.

그대가 존재한다는 이유만으로도

| T. 제프란 |

그대가 이 세상에 존재한다는 것만으로도
내 눈에 비친 세상은 더없이 아름답습니다.

그대와 함께 이 세상을 살아가는
나는 살아 있다는 것만으로도 행복합니다.

어느 날 세상이 끝나 버린다 해도
그대가 있다면 나는 변함이 없습니다.

그대는 이 세상에 존재하는 또 다른 나의 세상.
그대의 마음 속은 다시 태어나고 싶은 나의 세계입니다.

그대와 함께 이 세상을 살아간다는 것은
영원히 내가 그대를 사랑해야 할 이유입니다.

아아, 그리운이여

| 조이스 |

아, 그리운이여! 들어보라.
너를 사랑한 사람의 이야기를
친구들로부터 버림을 받으면
남자는 슬픔을 지니게 된다.

남자는 비로소 깨닫는다.
친구들에게는 성실함이 없고
불타 남은 재와 마찬가지로
그들의 말은 헛되다는 사실을

하지만 그들 중에 한 사람이 살며시
남자에게 가까이 다가와
진심으로 그의 마음을 어루만지며
온갖 사랑의 증거를 보여주면서

남자의 손을 마주 잡을 때
그녀의 부드럽고 포근한 가슴에
세상의 슬픔에 잠겼던 남자는
마음의 평안을 얻는다.

당신과 함께 살아서는 안 됩니다

| 디킨슨 |

당신과 함께 살아서는 안 됩니다.
그것은 반드시 인생이란 것이겠지요.
그렇지만 인생은
저쪽 선반 뒤에 있습니다.

무덤지기가 열쇠를 가지고
돌보고 있습니다.
두 사람의 인생을
마치 자기의 도자기처럼

낡거나 깨지거나 하여
주부가 버린 주전자처럼
그에게는 좀 더 새로운 고급 도자기가 어울려서
낡은 도자기는 깨지고 말 뿐입니다.

당신과 함께 죽을 수는 없었습니다.
상대편의 눈을 감게 하기 위하여
한쪽 편이 기다리지 않으면 안 되기에
그런 일은 당신에게 무리입니다.

그러니 서로 헤어져 있어야 합니다.
당신은 거기에, 나는 여기에
그저 문만은 열어놓은 채
여러 바다를 사이에 두고 기도만 드릴 뿐
거기에 절망이라고 하는
그 하얀 삶의 양식만으로,

방앗간 집 아가씨

| 테니슨 |

방앗간 집 아가씨
너무나도 귀여워
나 보석 되어
그녀의 귓부리에서 떨려 봤으면

저 곱슬머리 속에
밤낮 숨어 있으면
따스하고 하얀 그녀 목에
닿기라도 하련만

나 가는 띠되어
아리따운 저 허리에 감겨 봤으면
그러면 그녀의 가슴은 내 속에서 뛰겠지
슬프고도 편안히

빠르게 뛰는지 알고 싶어
바싹 조여서
껴안기도 하련만

나 목걸이 되어
저 향기나는 가슴 위에서
온종일 오르락 내리락
그녀 따라 웃고
그녀의 가슴으로 남으리

그대는 나의 것이 되어

| S. 안젤리 |

이 세상 그 어떤 여자도 남자에게
그렇게 하진 못했으리라.

사랑하는 그대여
그대는 사랑 받은 다른 여자와 달리
내 청춘이 한 걸음 한 걸음 앞으로 나아갈 때마다
삶의 아침을 찬란하게 장식해 주었네.
나의 것으로 남아 있기 위하여
이토록 빨리 돌아와 준 그대여.

이 세상 그 어떤 여자도 남자에게
그렇게 하진 못했으리라.

하얀 꽃

| 로렌스 |

한 송이 재스민처럼 작고 희고 점과 같은 달이
창문 위, 겨울밤의 쓸쓸한 숲에 걸려 있고
유자나무 열매처럼 흥건하게 빛나는 물이
비처럼 부드럽게 달은 빛나고
젊은 날의 내 순백한 사랑처럼
정열과는 인연이 멀었고 열매를 맺지 못하였다.

그대는 나의 동반자

| 에릭 칼페트 |

그대의 눈동자는 불꽃, 나의 영혼은 기름
그대 나에게서 떠나가오, 내 심장이 불붙기 전에
나는 바이올린, 애절한 노래의 샘
그대 손길에 따라 노래는 분수가 되네.
나에게서 떠나가오.
나로부터 멀어져가오.

나는 욕망이며, 그리움이며
나는 가을과 봄을 살아가오.
바이올린이여!
너의 선이 취해 부서지도록
내 사랑의 상처를 노래하라.
나로부터 떠나가오.
나에게서 멀어져가오.

어느 가을날 우리 함께 불꽃이 되어
피와 황금의 깃발이 기쁨의 폭풍에 펄럭이게 하오.
그대의 발걸음 소리 황혼과 더불어 사라질 때까지
그대여, 내 청춘의 마지막 동반자여.

당신 생각에

| 앤드류 토니 |

당신도 어렴풋이 아실 테지만
이건 모두 당신 탓이에요.
오늘 전 아무 일두 못했거든요.
무슨 일을 시작하려 들면
당신 생각이 떠올라서요.

처음으로 살며시, 그러다가
내 머릿 속은 온통 당신 생각으로 가득 차지요.
포근한 느낌, 멋진 생각, 정말 사랑스러운…….

안 돼요.
어서 이런 생각을 떨쳐버려야죠.
전 오늘 해야 할 일이 무척 많거든요.

그래서 말인데요.
전, 지금
아주 중요한 일부터 시작하겠어요.
그래서 당신에게 알리려고 합니다.

내가 얼마나 당신을 갈망하는 지
당신이 내게 얼마나 필요한 지
그리고 내가 얼마나
당신을 사랑하고 있는 지를 말입니다.

흐르는 물에

| 카툴루스 |

여자는 내게 말했지.
"나는 당신 이외의 그 누구와도
함께 살 생각은 전혀 없습니다.
비록 전능하신 유피테르 신이 원하신다 해도……"
그러나 가슴 설레이는 사나이의 귀에
여자가 속삭이는 말은
하늘에 부는 바람, 급히 흐르는 물에
써 두는 것과 마찬가지 노릇이지.

슬픈 대화

| 베르레느 |

인적이 없는 쓸쓸하고 폐허같은 정원에
그림자 둘이 나타났다가 소리없이 사라졌습니다.

그 그림자의 모습은 눈이 꺼지고 입술마저 늘어져
속삭이는 소리조차 들리지 않았습니다.

인적이 없는 쓸쓸한 폐허같은 정원에
이상한 두 그림자가 다시 나타나 옛날을 말합니다.

"지나간 사랑을 아직도 기억하고 있니?"
"생각하지만 이제는 다 지난 일이야."
"내 이름만 들어도 가슴이 설레이는 꿈을 꾸니?"
"전혀 아니야."

"달콤한 행복 속에서 장래를 맹세하며 키스하던
그날이 아름답다고 생각하지 않니?"
"그 때는 하늘이 너무나 푸르렀고, 우리의 꿈 또한
너무나 컸었지?"
"꿈이라고? 그러나 지금 그 모든 것은 하늘로
사라지고 말았어."

그림자들은 보리밭 속으로 사라지고
그 대화를 들은 것은 어두운 밤이었습니다.

당신을 얼마나 사랑하는지

| N. 다니엘 |

그대를 생각할 때면
사랑하는 마음이 다시 솟구쳐요.
아마 그대는 상상도 못할 거예요.
내가 얼마나 당신을 그리워하는 지를
지금, 이 순간 내가 가장 원하는 것은
당신의 손을 잡고 말하는 거예요.
당신을 얼마나 사랑하는지
나의 삶에서 당신을 얼마나 원하는 지를.

정말 부탁이에요.
당신에 대한 나의 사랑을
의심하지 말아요.
나의 사랑은 지금도
우리가 처음 만나 사랑을 나누기 시작하던
그날처럼 진실하니까요.

내 사랑, 미아

| 루벤 다리오 |

미아,
네 이름이 아름답다.
미아, 너는 태양빛
미아, 너는 장미와 불꽃

내 영혼 위에
향기를 보낸다
넌 날 사랑한다
오, 미아!

미아, 그대는
여자인 너와
남자인 나를 녹여서
두 개의 동상을 만든다.

외로운 너 외로운 나
목숨이 남아 있는 한
사랑하리.
오, 미아!

사랑에 빠질수록

| 릴케 |

사랑에 빠진 사람은
혼자 지내는데 익숙해야 합니다.
사랑이라고 불리우는 그것
두 사람의 것이라고 보이는 그것은 사실입니다.
홀로 따로따로 있어야만, 비로소 충분히 전개되어
마침내는 완성될 수 있는 것이기에.
사랑이 오직 자기 감정 속에 깃들어 있는 사람은
사랑이 자기를 연마하는 일과가 됩니다.
서로에게 부담스런 짐이 되지 않으며
그 거리에서 끊임없이 자유로울 수 있는 것
사랑에 빠질수록 혼자가 되야 합니다.
두 사람이 겪으려 하지 말고
오로지 혼자가 되어야 합니다.

부두 위

| 흄 |

한밤중 고요한 부두 위
밧줄 드리운 높은 돛대 끝에
달이 걸렸고, 그렇게 먼 것은
놀다 잊은 어린아이의 풍선뿐이다.

한 순간만이라도

| 도나 뽀뽀헤 |

단 한 순간만이라도
그대와 내가
서로 뒤바뀌었으면 좋겠어요.
그래야 그대가 알게 될 테니까요.
내가 그대를
얼마나 사랑하고 있는지를요.

당신으로 하여

| 제니 디터 |

당신으로 인하여, 나는
새로운 사람으로 변하고 있어요.
많은 경험을 하게 되었고
아낌없이 베풀고 받아들이는 것을 배웠지요.

당신의 사랑으로, 나는
온전히 서로를 이해하는 너그러움을 갖게 되었지요.
사소한 즐거움 하나로 하루 내내 미소 지을 수 있다는 것도요.

당신은 나의 존재를 인정해 주었고
내가 바르게 성장할 수 있도록 이끌어 주었지요.
나는 당신에게 더 가까이 가기 위해
성장을 게을리 하지 않았어요.

나의 사랑으로 인해
당신도 역시 그렇게 되길 진심으로 기도해요.

나는 그대를 그리워합니다.

| 후흐 |

만일 그대 곁에 있다면
어떤 고생도 참고 견딜 것입니다.
친구도 집도 이 땅의 모든 호강도 버릴 것입니다.
만일 그대 곁에 있다면.

나는 그대를 그리워합니다.
육지를 그리워하는 밀물처럼
남쪽 나라를 그리워하는 제비처럼
나는 그대를 그리워합니다.

밤마다 외로이 달 아래 서서
눈 쌓인 그 산을 그리는
집 떠난 알프스 아이들처럼
나는 그대를 그리워합니다.

그대의 푸른 눈

| 베케르 |

그대의 눈은 푸르다.
수줍은 웃음은
넓은 바다에
새벽 별 비친 듯하다.

그대의 눈은 푸르다.
흘리는 눈물은
제비꽃 위에 앉은
이슬방울 같다.

그대의 눈은 푸르다.
반짝이는 지혜는
밤하늘에 떨어지는
유성처럼 화려하다.

롤 라

| 로르카 |

오렌지나무 밑에서
무명옷을 빨고 있네
눈빛은 초록색
목소리는 오랑캐꽃

아아! 오렌지
나무 밑의 사랑이여!

시냇물은 햇빛 가득히
흘러내리네
올리느 밭에서 참색 한 마리가 노래하고 있네
아아, 꽃이 핀 오렌지 나무 밑에서의 사랑이여!

다름다운 롤라가 비누를
다 쓰면은
꼬마 투우사들이 올 것이라네
아아, 사랑이여
꽃이 핀 오렌지나무 밑에서!

꽃다발을 손수 엮어서

| 롱사르 |

꽃다발을 손수 엮어서
보내는 사람을 위해 꽃다발은
지금 한껏 폈지만
내일에는 덧없이 질 것이다.

그대여 잊지 말아라.
꽃같이 예쁜 그대도
세월이 지나면 시들고
꽃처럼 덧없이 질 것이다.

세월은 흐른다. 세월은 간다.
우리도 간다. 흘러서 간다.
세월은 가고
어느 날 우리는 땅에 묻힌다.

애타는 사랑도 죽은 뒤엔
속삭일 상대도 떠날 것이다.
지금이라도 사랑하자.
내 꽃같은 그대여.

그녀는 아름답게 걷는다

| 바이런 |

별이 총총한 구름 한 점 없는 밤하늘처럼
그녀는 아름답게 걷는다.
어둠과 빛의 순수는 모두
그녀의 얼굴과 눈 속에서 만나고
하늘이 찬연히 빛나는 낮에는
부드러운 빛으로 무르익는다.

그늘 한 점이 더하고 빛이 한 줄기만 덜했어도
새까만 머리칼마다 물결치고
혹은 부드럽게 그녀의 얼굴을 밝혀주는
형언할 바 없는 그 우아함을 반은 해쳤으리라.

그녀의 얼굴에선 사념이 고요히 감미롭게 솟아나
그 보금자리, 그 얼굴이 얼마나
순결하고 사랑스런가를 말해 주노라.

저 뺨과 이마 위에서
상냥하고 침착하나 힘차게
사람의 마음을 사로잡는 미소
환히 피어나는 얼굴빛은 말해 준다.

착하게 보낸 지난날을
이 땅의 모든 것과 화목한 마음
순결한 사랑이 깃든 마음을.

절 동정하지 마세요

| 빈센트 밀레이 |

서산 너머로 해가 지고 빛이 사라졌다고
절 동정하지 마세요.
한 해가 저물어서 싱그럽든 들과 숲이 시들었다고
절 동정하지 마세요.
달이 기울고 썰물이 밀려간다고
절 동정하지 마세요.
또 남자의 정열이 그렇게도 빨리 식어
당신의 시선에서 정이 사라졌다고.

이럴 줄 알았어요, 사랑이란 못 믿을 것
바람에 흩날리는 꽃잎과 같고
사나운 비바람이 물러간 다음
표착물을 밀고 오는 파도와도 같음을
오히려 동정을 하시려면 뻔한 것도 몰라보는
미련한 내 마음을 가엾이 여기소서.

남다른 사랑을

| 샤퍼 |

그대여, 우리는 마치 서로의 모든 것을
속속들이 다 알고 있다는 듯 살아가는
부부가 되지 맙시다.
그런 부부는 상대방을
너무나 잘 알고 있다고 생각하기에
할 말이 없고 그저 참고 견디며
그럭저럭 살아가고 있는 듯 보입니다.

자신들도 모르는 사이 그들은
죽어 있는 삶을 살아가고 있는지도 모릅니다.
그래서 그 무기력함을 감추려고
애써 재미를 찾아 나서고
애써 유쾌함을 가장하지요.

그들도 젊어서는 사랑한다고 여겼고
아니 진정 사랑했을 테지요.
그러나 그들은 한 가지 중요한 것을 놓친 것입니다.
사랑도 성장해 가는 것이라는 것을,

아주 조심스럽게, 아주 섬세하게
가꾸어 나가야 한다는 것을
사랑은 세심하게 마음을 쓰지 않으면
지속될 수 없다는 것을
사랑이 얼마나 약하고
상처 입기 쉬운 것인지를 몰랐던 것입니다.

그대여, 우리의 사랑은
그저 같은 솥의 밥을 먹는 관계로 전락해서는 안 됩니다.
그러기 위해 우리는 부단히
매일 사랑의 창조를 해 나가야 합니다.
그렇치 않으면 우리의 사랑도
마지못해 끌려가는 생활로 전락해 버리고 말 것입니다.

몸과 마음

| 요시노 히로시 |

몸은 마음과 함께이기 때문에
마음이 가는 곳에 따라간다.

마음이 사랑하는 사람에 갈 때
몸도 사랑하는 사람에게 간다.
몸도, 마음도

깨끗한 마음에 격려를 받으면서
몸이 처음으로 사랑의 행위에
도취되었을 때
마음이 당황해 하는 것을
몸은 놀라움으로 바라보았다.

머뭇거리는 망설임에서 벗어나
몸이 강하게 변모되는 것을
마음은 우러러보았다.

강한 마음이 마음을 격려하고
사랑의 행위를 되풀이할 때

마음이 멀어지면서 주저하는 것을
몸은 놀라움으로 바라보았다.

마음은 몸과 함께이기 때문에
몸이 가는 곳에 따라간다.
몸이 사랑하는 사람에게 갈 때
마음도 사랑하는 사람에게 간다.

잊혀진 여자

| 마리 모랑생 |

쓸쓸한 여자보다
더 가엾은 것은 불행한 여자다.
불행한 여자보다
더 가엾은 것은 병든 여자다.
병든 여자보다
더 가엾은 것은 버림 받은 여자다.
버림 받은 여자보다
더 가엾은 여자는 의지할 데 없는 여자다.
의지할 데 없는 여자보다
더 가엾은 여자는 쫓겨난 여자다.
쫓겨난 여자보다
더 가엾은 여자는 죽은 여자다.
죽은 여자보다
더 가엾은 여자는 잊혀진 여자다.

사랑하는 남자

| 헤르만 헤세 |

따듯한 밤, 지금 너의 친구는 잠을 이루지 못하고 있다.
아직도 따스한 너의 체온, 눈길, 머리와 입맞춤에 벅차 있다.
오, 한밤이여.
달이여, 별이여, 파란 안개여, 연인이여!
너의 내부로 나의 꿈이 찾아간다.
마치 바다와 산과 계곡을 찾아 가듯이 깊은 내면으로
태양도, 뿌리도, 동물도, 모두 네 곁으로
너 가까이에 있는 곳으로
부서지는 물결이 되고, 거품이 되어 흩어진다.
멀리 토성과 달이 돌고 있어도
나에게는 보이지 않는다.
너의 얼굴이 파리한 꽃 속에 보일 뿐이다.
그리고 나는 미소를 짓고 취해서 눈물을 흘린다.
이제는 행복도, 괴로움도 잊은 채
너와 나는 깊은 우주 속에, 바다 속에 가라앉아 있다.
거기서 우리들은 사라지고
다시 태어난다.

그대의 눈동자는 푸른 연꽃잎

| 타고르 |

그대의 눈동자는 푸른 연꽃잎
그대의 치아는 하얀 말리꽃
향기로운 연꽃 내음이 너에게서 난다.
그 몸도 꽃잎처럼 휘날리련만
밤낮으로 사모하고 그리워하여도
돌과 같이 단단한 그대의 마음.

의심해서는 안 됩니다

| N. 다니엘 |

그대를 생각할 때면
사랑하는 마음이 다시 솟구쳐요.
아마 그대는 상상도 못할 거예요.
내가 얼마나 당신을 그리워하는 지를
지금 이 순간 내가 가장 원하는 것은
당신의 손을 잡고 말하는 거예요.
당신을 얼마나 사랑하는지
나의 삶에서 당신을 얼마나 원하는지를요.

부탁이에요.
당신에 대한 나의 사랑을
의심하지 말아요.
나의 사랑은 지금도
우리가 처음 만나 사랑을 나누기 시작하던
그날처럼 진실하니까요.

그대 울었지

나는 보았지, 그대 우는 것을
커다란 반짝이는 눈물이
그 푸른 눈에서 솟아 흐르는 것을
제비꽃에 맺혔다 떨어지는
맑은 이슬방울처럼.

그대 방긋이 웃는 걸 나는 보았지.
그대 곁에선 보석의 반짝임도 그만 무색해지고 말아
반짝이는 그대의 눈동자
그 속에 핀 생생한 빛을 따를 길이 없어라.

구름이 저 먼 태양으로부터
깊고도 풍요한 노을을 받을 때
다가오는 저녁 그림자
그 영롱한 빛을 하늘에서 씻어낼 길 없듯이
그대의 미소는 침울한 내 마음에
그 맑고 깨끗한 기쁨을 주고
그 태양 같은 빛은 타오르는 불꽃을 남겨
내 가슴 속에 찬연히 빛나노라.

호수에 띄운 사랑

| 에미네스쿠 |

숲 속에 있는 푸른 호수에는
노란 수련꽃이 가득히 떠 있고
하얀 물결의 리듬에 따라
고요히 보트는 흔들리고 있다.

호수 기슭을 나무처럼 걸으면서
나는 귀를 기울이며 기다린다.
갈대숲 사이로 그녀가 모습을 나타내며
다정히 내 가슴에 기대주기를.

우리는 작은 보트를 타고
물의 속삭임 소리에 황홀해진다.
그러는 사이에 내 손에서 노는 놓여지고
키가 움직이는 대로 배는 떠다닌다.

아름다운 달빛을 받으며
우리의 보트는 호수 위로 떠다닌다.
갈대를 지나오는 바람은 조용히 스쳐가고
호수의 물결은 희미하게 살랑인다.

하지만, 그녀는 오지 않고
나만 홀로 헛된 한숨을 내쉴 뿐이다.
수련꽃 가득 떠 있는
숲속의 푸른 호수가에서.

여자의 마음

| 예이츠 |

기도와 평화로 가득 찬
방 따위가 내게 무슨 소용 있습니까.
그날 나더러 어둠 속으로 나오라 하시기에
나의 가슴은 그대의 가슴 위에 있습니다.

어머니의 걱정이나
아늑하고 따뜻한 집 따위가
내게 무슨 소용 있습니까.

꽃같이 까만 나의 머릿단
폭풍으로부터 우리를 가리워 줄 것입니다.

우리를 에워싸주는 머릿단과 이슬을 머금은 눈이여
나에겐 이미 삶도 죽음도 없습니다.
나의 가슴은 그대의 따뜻한 가슴 위에 있고
나의 숨결은 그대의 숨결에 얽혀 있으니.

너의 부드러운 손으로

| 라게르크비스트 |

너의 부드러운 손으로
내 눈을 감게 하면
태양이 빛나는 나라에 있는 것처럼
내 주위는 환하게 밝아진다.

나를 어스름 속으로 빠뜨리려 해도
모든 것이 밝아질 뿐이다.
너는 내게 빛, 오직 빛밖에
달리 더 줄 수 있는 것이 없다.

그대는 얼음

| S. H 스펜더 |

그대가 얼음이면, 나는 불
뜨거운 내 사랑에도 그대 얼음 녹지 않네.
어찌 된 까닭일까.
더워지는 내 사랑에
그대 얼음이 더욱 차가워짐은.
끓는 듯 뜨거운 내 사랑이
심장마저 얼게 하는 그대 얼음에 식지 않고
더욱더 끓어올라 불길이 더욱 높아짐은
만물을 녹일 불이 얼음을 더욱 얼게 하고
뼈까지 얼리는 아픔
타는 불의 기름이 되니
또다시 있으랴, 이보다 이상한 일
사랑은 무슨 힘이기에 천성마저 바꾸는가.

그대와 함께 있으면

| 번즈 |

저 너머 초원에
찬바람 그대에게 불어온다면
나 그대를 감싸리
또한 불행의 풍파가
내 가슴 그대의 안식처되어
모든 괴로움을 함께 하리.

어둡고 황량한
거칠디 거친 황야에 있다 해도
그대 함께 있다면
사막도 나에겐 낙원이리
나 또한 이 세상의 군주가 되어
그대 함께 다스린다면
내 왕관보다 빛날 보석은
나의 왕비이리.

지난날 그대와 더불어

| 게오르게 |

지난날 그대와 더불어
저녁 풍경을 내다보던 창문은
달빛에 어려 이렇게 밝습니다만,
지난밤 그대 매정하게
뒤돌아보지 않고 걸어간 골짜기 길이
지금도 창문 밖으로 내다보입니다.

몸을 돌려 다시 달빛을 우러러 보면
그대 얼굴이 너무나 창백하였습니다.
그대를 부르기에는 너무나 늦은 것 같습니다.
어둠과 침묵, 얼어붙은 대기는
그때나 다름없이 집 주위를 감싸고 내리는데
그대는 나의 즐거움을 모두 가져갔습니다.

점점 아름다워지는 당신

| 다까무라 고다로 |

여자가 액세서리를 하나씩 버리면
왜 이렇게 아름다워지는 걸까.

나이로 씻긴 당신의 몸은
가없는 하늘을 날으는 금속.

겉모양새도 남의 눈치도 안 보는
이 깨끗한 한 덩어리의 생명은
살아서 꿈틀대며 거침없이 상승한다.

여자가 여자다워진다는 것은
이러한 세월의 수업 때문일까.

고요히 서 있는 당신은
진정 신이 빚으신 것 같구나.

때때로 속으로 깜짝깜짝 놀랄 만큼
점점 아름다워지는 당신.

그녀를 알려면

| 레너드 니모이 |

그녀를 알려면
그녀의 존재를 보면 되네
그녀의 행동을 보면 되네
그녀의 동직이 느리건 빠르건 간에
나는 알고 있네
나는 그녀를 알고 있네.

나는 알고 있네, 그녀를
우리가 비록
수많은 군중 속에서 마주친다 해도

그렇다면
그녀가 나를 알게 하려면
어떻게 해야 할까?
만일 그녀가 준비되어 있다면
그녀는 분명 나를 알고 있을 것이네.

오네요, 아련한 피리 소리

| 빅토르 위고 |

오네요, 아련한 피리소리
과수원에서 들려와요
한없이 고요한 노래
목동의 노래

바람이 지나가요, 떡갈나무 그늘
연못 어두운 거울에
한없이 즐거운 노래
새들의 노래

괴로워 말아요. 어떤 근심에도
우리 사랑할지니
가장 매혹적인 노래
사랑의 노래.

미워하지도 사랑하지도

| 하인리히 하이네 |

그들은 나를 괴롭히고 분노하게 하였다.
파랗게 얼굴이 질리도록
나를 사랑한 사람도
나를 미워한 사람도.

그들은 나의 빵에 독을 섞고
나의 잔에 독을 넣었다.
나를 사랑한 사람도
나를 미워한 사람도.

그러나 가장 괴롭히고 화나게 하고
서럽게 한 바로 그 사람은
나를 미워하지도
사랑하지도 않은 사람.

별과 마른 풀의 이야기

| 쓰보이 시게지 |

별과 마른 풀이 이야기를 나누었습니다.
조용한 깊은 밤에
내 주위에 바람이 불고 있었습니다.
너무나 외로워서
그들의 이야기에 끼어들려 할 때
별이 하늘에서 떨어져 내려왔습니다.
마른 풀 속을 이리저리 찾아보았지만
별은 끝끝내 보이지 않았습니다.

아침에 눈을 뜨자
무거운 돌 하나가
마음 속에 떨어져 있었습니다.
그 후부터 날마다
나는 혼잣말을 중얼거립니다
돌은 언제 별이 될 것인가
돌은 언제 별이 될 것인가.

그대의 눈이 없다면

| 미겔 에르난데스 |

그대에게 눈이 없다면, 내 눈은 눈이 아니지
외로운 두 개의 개미집일 따름입니다.
그대에게 손이 없다면 내 손은
고약한 가시 다발일 뿐입니다.

달콤한 종소리로 나를 채우는
그대의 붉은 입술 없이는 내 입술도 없습니다.
그대가 없다면 나의 마음은
엉겅퀴 우거지고 회향으로 시들어지는 십자가 길입니다.

그대의 음성이 들리지 않는 내 귀는 어찌 될까요?
그대의 별이 없다면, 나는 어느 곳을 향해 떠돌까요?
그대의 대답 없는 내 목소리는 약해집니다.

그대 바람의 냄새
그대 흔적의 잊혀진 모습을 쫓습니다.
사랑은 그대에게서 시작되어 나에게서 끝납니다.

그녀는 내 눈꺼풀 위에

| 엘뤼아르 |

그녀는 내 눈꺼풀 위에 서 있다.
그녀의 머리칼은 내 머리칼 속에
그녀는 내 손의 모양을 가졌다.
그녀는 내 눈빛을 가졌다.
그녀는 삼켜진다, 내 그림자 속에서.

그녀는 언제나 눈을 뜨고 있어
나를 잠들지 못하게 한다.
그녀의 꿈은 훤한 대낮에
태양을 증발시키고
나를 웃기고 울린다.
침묵의 내 입을 열게 만든다.

그대를 아름다운 여름날에 비할까

| 셰익스피어 |

그대를 아름다운 여름날에 비할까
그대는 이보다 더 온화하고 사랑스럽다
세찬 바람이 오월의 꽃봉오리를 뒤흔들고
여름은 오는 듯 가버리는 것
때로는 태양이 너무나도 뜨겁고
태양의 황금빛은 자주 그 빛을 잃고 흐려진다.

이런 모든 것들은 시간이 지나면
그 아름다움이 줄어들거나 사라지지만
그대의 영원한 이름만은 시들지 않고
그대 지닌 아름다움을 잃지 않으리.

또한 죽음은 그대에게 멀리 있고
영원한 시간 속에
인간이 숨쉴 수 있고
그만큼 오래도록 이 시는 살 것이고
또한 그대에게 생명을 주리.

어느 여인에게

| 헤르만 헤세 |

나에게는 사랑할 만한 가치가 없습니다.
불 붙어 타버릴 뿐, 어떻게 타는지도 모릅니다.
나는 구름에서 떠나 흐르는 번갯불입니다.
바람이고, 폭풍이고, 노랫소리입니다.

그러나 많은 사랑을 즐겨 받아들입니다.
육체의 쾌락도, 그리고 희생도 감수합니다.
남들에게 소원하고 성실하지 않기 때문에
먼 곳이나 가까운 곳이나 눈물이 나를 따라 다닙니다.

하지만, 가슴 속의 별에는 성실합니다. 그 별은
몰락에 이르는 길을 나에게 가리켜 주고
나의 모든 쾌락에서 가책을 만듭니다.
그러나 나의 본질은 그를 사랑하고 찬양합니다.

나는 여자를 유혹하는 자임에 틀림없습니다.
곧 꺼져버리는 괴로운 기쁨에 만족하고
당신들에게는 아이가 되라, 동물이 되라고 가르칩니다.
나의 주인이며 안내자는 곧, 죽음입니다.

그녀는 유령이었습니다

| 워즈워드 |

내 눈길에 처음 반짝하며 띄었을 때
그 여인은 환희의 유령이었습니다.
한순간의 장식을 위해 불쑥 나타난
사랑스런 유령이었습니다.

사려 깊은 자세로 살아가는 여인
삶과 죽음 사이로 걸어가는 나그네
흔들림 없는 이성과 조화로운 의지를
통찰력과 재능을 지닌 여인
고귀한 품성과 신의 계시를 따라 태어난
완전한 여인
경고하고, 위로하며, 지배하는 여인
그러면서도 어딘지 모르게 천사 같은 모습으로
찬란한 빛을 발하는 유령이었습니다.

연인에게로 가는 길

| 헤르만 헤세 |

아침은 빛나는 눈을 뜨고
세상은 이슬에 취하여 반짝인다.
금빛으로 그를 감싸주는
생생한 빛을 향하여.

나는 숲 속을 거닐며
빠른 아침과 발을 맞추어
열심히 걸음을 재촉한다.
아침이 나를 아우처럼 동행시킨다.

갈색의 보리밭에
뜨겁게 드리운 대낮이
쉴새없이 길을 재촉하는
나를 바라보고 있다.

조용한 저녁이 오면
나는 목적지에 닿을 것이다.
대낮이 그렇듯이, 사랑스런 이여
너의 가슴 속에서 타 버리리라.

연인 곁에서

| 괴테 |

태양이 바다의 수면 위를 비추면
나는 너를 생각한다.
희미한 달빛이 우물에 떠 있으면
나는 너를 생각한다.

먼 길 위에 먼지가 일어날 때
나는 너를 본다.
깊은 밤 좁은 오솔길에
방랑객이 비틀거리며 다가올 때
거기서 먹먹한 소리를 내며 파도가 일렁일 때
나는 네 소리를 듣는다.
모든 것이 침묵에 빠질
조용한 숲 속으로 가서 난 이따금 바람이 살랑거리는
소리를 듣는다,

나는 너와 함께 있다. 너는 아직도 멀리 있다지만
내게는 무척 가깝구나
태양이 지고 이어 별빛이 반짝인다.
아, 거기 네가 있다면.

연인들의 바위

| 롱펠로우 |

우리에게는 죽을 수 없는 사랑이 있다.
어떤 사람들은 부서진 가슴으로
자기 나름대로의 운명을 따르고

마치 별들이 뜨고 불에 타서 지는 것처럼
그 사람들도 떠나가 버렸다.
부드럽고 젊고 찬란하고 짧았던
봄에 떨어진 잎새 속에 세월을 묻은 채,

우리에게는 죽을 수 없는 사랑이 있다.
그 사랑은 무덤 너머로까지 이어진다.
수많은 한숨과 비탄으로 삶이 꺼지고
대지가 준 것을 다시 대지가 거둘 때

그 사랑의 빛은 싸늘한 바람이 불어도
깨닫지 못한 사람들의 집을 비친다.

내 눈을 감겨 주십시오.

| 릴케 |

내 눈을 감겨 주십시오.
그래도 나는 그대 모습을 볼 수 있습니다.
내 귀를 막아 주십시오.
그래도 나는 그대 목소리를 들을 수 있습니다.
발이 없어도 그대에게 갈 수 있고
입이 없어도 그대에게 사랑을 속삭일 수 있습니다.
내 팔을 꺾어 주십시오.
그래도 나는 그대를 안을 수 있습니다.
손으로 안 듯이 심장으로 안을 수 있습니다.
내 심장을 멎게 해 주십시오.
그래도 나의 피로 그대를 사랑할 수 있습니다.

여자의 남자

| 자크 프레베르 |

삶을 사랑하지도, 포기하지도 않는
함부로 열광하지도, 함부로 통곡하지도 않는
진한 열정을 잔잔하게 품고 있는
그런 모습의 여자라면 좋겠습니다.

화사한 자태를 잔뜩 뽐내면서도
실은 몇 개의 허울 좋은
가시만으로 버티는 장미를
남겨두고 떠나온 어린왕자를
헤아릴 수 있는 여자라면 좋겠습니다.

아홉만큼의 내 상처는 잊은 듯 하고
조금 남은 기운만큼 널 위해 무엇인가 궁리하다가
위로 받는 건 오히려 나인걸
깨닫게 하는 그런 여자라면 좋겠습니다.

운명의 칼날에

| 셰익스피어 |

진실된 마음의 사랑 앞에
장애물을 놓지 말라.
감추는 무엇이 발견되었을 때 변하는 사랑이라면
그건 사랑이 아니라네.

사랑은 영원히 고정된 하나의 표적
사나운 비바람에도 흔들리지 않는 바위
방황하는 모든 배들에게 밤하늘의 별과 같은 것
그 높이는 알 수 있어도
그 가치의 깊이는 정녕 알 수 없어라.

사랑은 세월의 어릿광대가 아니라네
장밋빛 입술과 뺨이 자신의 굽어진 낫에 베일지라도
사랑은 짧은 몇 시간, 몇 주 사이에 변하지 않으리니
운명의 칼날에 이를 때까지
사랑은 지지를 얻는다.

너의 얼굴에는

| 다우텐데이 |

너의 얼굴에는
고요함이 깃들어 있다.
여름날 무거운 숲 속에 깃들고
저녁의 울창한 산 속에 깃들며
꽃 속에 깃들어 있으면서
소리 없이 숭고한 빛깔을 전해 주는
따뜻하고 밝은 고요가 있다.

바다 저 멀리

| 오바넬 |

바다 저 멀리 있는 그 나라로
언제나 내 꿈길은 열려 있으므로
밤마다 꿈마다 찾아 나서는 곳
그리움을 향하여 나는 달려간다.
바다 저 멀리 있는 그 나라로.

너는 밝고 청순하라

| 게오르게 |

너는 밝고 청순하여 불꽃 같고
너는 상냥하고 빛나서 아침 이슬 같고
너는 고요한 나무의 꽃가지 같고
너는 조용히 솟는 깨끗한 샘물 같다.

양지바른 들판으로 나를 따르고
노을 진 안개 속에 나를 잠기게 하며
그늘 속에 내 앞을 비추어주는
너는 차가운 바람, 너는 뜨거운 입김

너는 내 소원이며, 내 추억이고
숨결마다 나는 너를 호흡하며
숨을 쉴 때마다 너를 들이 마시면서
나는 너에게 입맞춤한다.

너는 고요한 나무의 꽃가지
너는 조용히 솟는 깨끗한 샘물
너는 밝고 청순한 불꽃
너는 상냥하고 빛나는 아침.

너는 울고 있었다

| 바이런 |

너는 울고 있었다.
파란 눈에서 빛나는 눈물이 흘러내렸다.
그때 나는 제비꽃이
이슬을 머금고 있는 듯하다고 생각하였다.

너는 웃고 있었다.
사파이어 보석이 네 곁에서 빛을 잃었다.
네 반짝이는 눈동자와 견줄 만한 것은
아무것도 없었다.

구름이 저 먼 태양으로부터
깊고도 풍요로운 노을을 받을 때
다가오는 저녁 그림자
그 영롱한 빛을 하늘에서 씻어낼 길 없듯이
너의 미소는 침울한 내 마음에
그 맑고 깨끗한 기쁨을 주고
그 태양같은 빛은 타오르는 불꽃을 남겨
내 가슴 속에 찬연히 빛난다.

나를 생각하세요

| 구스타포 A. 베케르 |

창문 앞 나팔꽃 넝쿨의 흔들림을 보고
지나가는 바람이 한숨 짓는다 생각하실 양이면
그 푸른 잎사귀 뒤에 내가 숨어서
한숨 짓는다고 생각하세요.

그대 등 뒤에서 나직이 소리가 들리고
멀리서 누군가 부른다고 여겨 돌아보실 양이면
쫓아오는 그림자 속에 내가 있어
그대를 부르는 걸로 생각하세요.

한밤중에 이상하게도 그대 가슴이 설레이고
입술에 불타는 입김을 느끼시거든
눈에 보이지 않아도 그대 바로 곁에
내 입김이 서린다고 생각하세요.

나는 꽃 속을 거닐고 있다

| 하이네 |

나는 꽃 속을 거닐고 있다
마음도 꽃도 활짝 열리어
나는 마치 꿈꾸듯이 거닐고 있다
한 걸음 한 걸음 휘청거리며.

아아, 내 사랑아! 날 놓지 말아라
안 그러면 내 사랑에 도취된 나머지
나는 네 발 아래 쓰러질 것이다
사람들의 많은 시선이 있는 이 정원에서.

루루

| 헤르만 헤세 |

높은 목장 위를
몇 조각 엷은 구름의 그늘이 지나가듯이
고요히 내 곁에 선 너의 아름다움이
덧없이 내 마음을 가벼운 설레임으로 흔들어 준다.

꿈과 꿈 사이에서는 이따금
현실 생활이 황급히 나를 쫓아와
금빛으로 빛나며 명랑하게 유혹하다가는
곧 사라져 버린다. 그러나 나의 꿈은 계속된다.

눈 뜬 순간을, 운명을, 영혼을
이제야 나는 꿈꾼다.
그 그림자가 내 머리 위를 스쳐갔다.
내 눈이 잠에 빠져 있는 동안을.

누가 바람을 보았을까

| 로제티 |

누가 바람을 보았을까?
너도 나도 보지 못했다.
그러나 나뭇잎이 흔들릴 때
바람은 그 사이를 지나갔다.

누가 바람을 보았을까?
너도 나도 보지 못했다.
그러나 나무들이 머리를 숙일 때
바람은 그 밑을 지나갔다.

소녀들에게 주는 충고

| 네르발 |

너희가 있는 동안 장미꽃 봉오리를 보아라.
시간은 끊임없이 지나가고
미소 짓는 바로 이 꽃도
내일이면 지고 말 것이다.

하늘의 찬연한 등불인 저 태양이
높이 오르면 오를수록
그만큼 더 빨리 뜀박질은 끝나고
일몰에 더 가까워지거든

젊음과 열정의 피가 가장 뜨거운
인생의 첫 시절이 아름답지만
그것이 사라지면 어두운 시절이 뒤따를 것이다.

그러므로 머뭇거리지 말고 시간을 활용하라
그리고 젊음이 있는 동안에 동반자를 찾아야 한다.
 청춘을 한 번 보내버리면
너희는 영원히 기다려야 한다.

여자 친구에게 보내는 엽서

| 하이네 |

오늘은 차가운 바람이 불어와
이곳저곳에서 소리를 냅니다
풀밭은 온통 서리에 젖어있습니다
몇 개의 꽃송이가 남아있을 뿐입니다.

창가에서 마른 잎 하나가 팔랑입니다.
나는 눈을 감고
먼 안개에 싸인 도시를 걷고 있는
당신을, 사랑스런 한 마리의 사슴을 봅니다.

모래 위에 쓴 편지

| 페트 분 |

오늘 같은 그 어느 날
모래 위에 사랑의 편지를 쓰면서
우리는 시간이 가는 줄도 몰랐지.

밀려오는 파도에
모래 위에 쓴 사랑의 편지가 지워질 때
너는 웃었고
나는 울었지.

너는 언제나
진실만을 맹세한다고 말했지
그러던 너였건만
지금 그 맹세는 어디로 갔나.

부서지는 파도에 밀려
모래 위에 쓴 사랑의 편지가 지워질 때처럼
지금 내 마음은 한없이 슬프다네.

찻집의 소녀

| 에즈라 파운드 |

그 찻집의 소녀는
예전만큼은 예쁘지 않아요.

팔월이 그녀를 힘들게 했지만
예전만큼 층계를 열심히 오르지도 않아요.

이제 그녀 또한 중년이 되었겠지요.
우리에게 과자를 날라줄 때
풍겨주던 청춘의 빛도

이젠 더 이상 볼 수 없겠지요.
그녀 또한 중년이 되었겠지요.

주막집 아가씨

| 울란트 |

세 명의 젊은이가 라인 강을 건너서
작은 주막집에 들렀습니다.

"주인 아주머니, 맛 좋은 맥주와 안주가 있습니까?
어여쁜 따님은 어디에 있습니까?"

"우리집 맥주와 술은 맛이 좋지만
지금 내 딸은 관 속에서 잠자고 있어요."

세 젊은이가 방 안으로 들어가 보니
아가씨는 검은 관 속에 누워있었습니다.

"아, 아름다운 아가씨가 살아있다면
이제부터 사랑해 줄 수 있었는데."

두 번째 젊은이는 베일을 덮으며
얼굴을 돌리면서 눈물을 흘렸습니다.

"아, 그대가 관 속에 누워있다니
나는 예전부터 그대를 좋아했는데."

세 번째 젊은이는 베일을 젖히면서
아가씨의 창백한 얼굴에 입맞춤을 하였습니다.

"나는 너를 아낌없이 사랑하였다.
지금 너는 죽어있으나 사랑하는 마음은 변함 없다."

카스라에게

| 베케르 |

네 한숨은 꽃잎의 한숨
네 소리는 백조의 노래
네 눈빛은 태양의 빛남
네 살결은 장미의 살갗
사랑을 버린 내 마음에
너는 생명과 희망을 주었고
사막에 자라는 꽃송이 같이
내 생명의 광야에 살고 있는
너.

세 번의 키스

그분이 처음으로 내게 키스를 했습니다.
이 시를 쓰는 나의 손가락에.
그 후로 손은 더욱 희고 깨끗해졌습니다.

보석 반지는 키스보다 너무 천하게 보여
감히 이 손가락에 낄 수가 없습니다.

두 번째 키스는 첫 번째보다 한결 뜨거웠고
이마를 더듬다가 제대로 맞추지 못해
그만 머리카락에 그분 입술이 닿고 말았습니다.

그것은 사랑이 신성하고 감미로운 손길로
자기 왕관을 씌워 주면서 이마에 발라주는
거룩한 기름이었습니다.

세 번째 키스는 내 입술에 어김없이
무척이나 정중하게 내려앉았습니다.
그 후 내내 나는 참으로 긍지에 가득 차서 응답했습니다.

다시 한 번

| 슈토름 |

다시   무릎 위에 떨어지는
정열의 빨간 장미 꽃송이
다시 한 번 내 마음에 스며드는
소녀의 아름다운 그 눈동자
다시 한 번 내 가슴에 메아리치는
소녀가 내쉬는 거센 한숨
다시 한 번 내 얼굴을 간질이는
6월의 뜨거운 여름 바람.

만남의 인연

| 로버트 브라우닝 |

바다는 회색, 먼 육지는 먹빛인데
노란 반달은 크게 나직이 떠 있다.
잔물결은 잠에서 깨어 불꽃처럼
둥근 고리를 이루며 뛰어오르고
나는 배를 힘껏 밀어 갯벌에 닿아
질퍽한 모랫길을 천천히 걸어간다.

바닷바람 따스하고 향기로운 해변
들판을 세 번 넘으면 작은 농가 한 채 있어
가벼이 창 두드리면 이어 불 켜는 소리
성냥불은 파랗게 빛을 내고 있고
목소리는 기쁨과 두려움으로 해서
두 심장이 뛰는 소리보다 나직하다.

울기는 쉬워요

| 루이스 후른베르크 |

눈물을 흘린다는 것은
날아서 달아나는 시간만큼이나 쉬워요.
하지만 웃기는 어려운 것이랍니다.
찢어지는 가슴 속으로 웃음을 지으며
이를 꼭 악물고
웃는 것은 정말 어려운 일입니다.

꽃의 운명

| 테니슨 |

일찍이 아름다웠던 시절에
나는 꽃씨를 심었더니
피어난 꽃을 보고 마을 사람들은
잡초라고 말하면서

내 정원의 나무 아래를
이리저리 돌아다니며
불평스런 말을 중얼거리며
나와 내 꽃을 저주하였다.

꽃은 높다랗게 자라나
광명의 관을 썼는데
담을 넘어 도둑이 들어와
밤중에 꽃씨를 훔쳐다가

이 마을 저 마을에다
곧곧에 널리 꽃씨를 뿌려
마침내 사람들은 피어난 꽃을 보고
"아름다운 꽃이여!" 하고 소리쳤다.

이 간단한 이야기의 뜻을
누구인들 모를 것인가.
모두가 씨를 가진, 지금
누구나 꽃을 가꿀 수 있다.

그리하여 아주 아름다운 꽃도
보잘것없는 꽃도 있어
이제 사람들은 다시금
꽃을 잡초라고 말한다.

짝 잃은 새

| 쉘리 |

겨울 황량한 마른 나뭇가지 끝에
짝 잃은 새 한 마리가 짝을 찾고 있다.
허공에는 싸늘한 바람이 불고
아래에는 차가운 냇물이 흘러간다.

앙상한 수풀에 마른 잎이 남았으며
꽁꽁 언 땅 위에 꽃인들 있을까.
적막한 허공에는 아무 소리도 없고
물방아 도는 소리만 들려올 뿐이다.

작은 이별

| 자이델 |

나는 문을 그대로 열어두었습니다.
계단을 아주 천천히 내려갔습니다.
나는 혼자 생각하였습니다.
'혹시 찾을지도 모른다.'
그러나 당신은 찾지 않으셨습니다.

아, 그 어두운 얼굴에 번지든
그 빗방울
나는 결국 당신에게서 떠나갔습니다.
그러나 당신은 모르셨습니다.

아, 당신은 떠나가시고
나는 물어볼 말이 너무 많았습니다.
당신은 나의 대답을 알고 계셨지만
그 대답까지 모두 가지고 가셨습니다.

이제 나는 초라하게 혼자 앉아있습니다.
나는 캄캄한 영혼과 더불어
돌멩이조차 물리게 하고
심장을 목으로 토하고 있습니다.

파랑 나비

| 헤르만 헤세 |

한 마리 작은 파랑 나비가
바람에 불리어 날아간다.
진주 빛깔의 소나기처럼
반짝거리며 사라진다.
나는 보았다. 이처럼 순간적인 반짝임으로
깜박거리며
행복이 반짝반짝 손짓하며
사라지는 것을.

두 개의 꽃다발

| 왈루야띠 |

활짝 핀 꽃으로
향기 나는 꽃다발을 만들었습니다.
그리고 우리는
저녁노을이 지는 들을 지나
즐거운 마음으로 돌아왔습니다.

교차로에서 우리는 헤어졌습니다.
꽃다발을 쥔 손은 떨리고
우리가 서로 응시하는 사이에
그 꽃다발은 두 개로 갈라졌습니다.
네 손에 쥔 한 묶음의 꽃이 반으로 갈라졌습니다.
꽃다발을 꼭 쥐고 뛰었습니다. 그대는

우리는 헤어졌네. 황혼녘에
그대는 꽃만 가지고 떠났습니다.
나에게는 그 향기만 남긴 채.

내 작업

| 딜런 토마스 |

내 작업은 눈에 띄지 않는 가운데
고요히 밤을 지새우고
하늘에는 아직도 달이 붉타고 있습니다.

사랑스런 여인들이 침대에 누워
모든 슬픔을 팔 안에 품을 때
나는 등불 아래서 시를 씁니다.

야심 때문이 아니고, 빵 때문도 아니며
화려한 무대를 활개치며 다니면서
한 밑천 잡기 위해서도 아닙니다.
다만 연인들의 비밀스런 마음으로
많지 않은 보수를 바라면서 노래합니다.

파도 같은 덧없는 종이 위에
내가 시를 쓰는 것은
불 타는 달과 거리가 먼 사람 때문이 아니며
우뚝 선 과거의 시인에게 바치기 위함도 아닙니다.

어느 시대에나 변함없는 슬픔을 안은
연인들의 시를 나는 쓰고 있습니다.
하지만, 그들은 아무 칭찬이나 보상도 주지 않고
네 작업과 하는 일에 관심조차 기울이지 않습니다.

백합 침대에

| 하이네 |

백합 침대에 깊숙이
내 마음의 생각을 묻어두고 싶다.
그러면 백합은 예쁜 향기로
그녀의 노래를 불러주리라.

노래는 향기로 떨리면서 울려퍼져
자난 날의 즐거웠던 그 시절
나에게 아낌없이 주었던 그 사람의
입맞춤이어라.

하늘의 옷감

| 예이츠 |

금빛과 은빛으로 무늬를 놓은
하늘의 수많은 옷감
밤과 낮 어스름한 저녁 때의
푸른 옷감 검은 옷감이 내게 있다면
그대 발밑에 깔아드리고 싶지만
내 가난하여 가진 것은 오직 꿈일 뿐
그대 발밑에 내 꿈을 깔았으니
사뿐히 즈레 밟으소서.
내 꿈을 밟고 가시는 이여.

노 래

| 하틀리 콜리지 |

그녀의 겉모습은 많은 아가씨들 만큼
그렇게 아름답지는 못했습니다.
그녀가 내게 미소를 지을 때까지는
그 아름다움을 나는 알지 못했습니다.
아아, 그때 나는 그 눈빛 속에서
사랑의 샘과 빛의 근원을 발견했습니다.

하지만, 지금 그녀의 얼굴은 수줍음으로 차갑고
내 시선을 애써 피합니다.
그래도 나는 그 아가씨의
눈에 어린 사랑의 빛을 봅니다.
그 불쾌한 듯한 얼굴의 표정이
이 세상 어느 아가씨의 얼굴보다 더 아름답습니다.

제발 침묵하세요

| 밀란 쿤데라 |

사랑에 대해서 나에게 말하지 말아요.
마치 벌레가 나무를 갉아먹듯
난 그대의 말 한 마디 한 마디를 듣고 있어요.
사랑해요, 사랑해요, 사랑해요.

난 알아요.
당신의 심장이 다른 연인의 곱슬머리로
칭칭 감겨 있음을.
그것이 저의 머리카락이라고 둘러대지 말아요.
난 믿지 않아요, 당신의 말은.

그대의 말은 항상
갈대숲과도 같아요.
당신은 모자를 눌러 쓰고
코트에 얼굴을 파묻은 채
서둘러 그 뒤로 숨어버리곤 하지요.
하지만 난 당신을 보고 있어요.
그 말 뒤에 숨어 있는
당신을 보고 있어요.

난 알고 있어요, 그 문을.
문 위에 새겨진 그 이름을
당신의 온몸을 떨리게 만드는
그 열정의 온도를 난 느낄 수 있어요.

난 보고 있어요.
두리번거리는 당신의 두 눈을
부끄러움에 가득 찬 겁먹은 두 눈을.

처음에 그대는 벙어리였지요.
마치 한 마리 작은 아기 곰처럼
사랑에 대해선 말하지 않았지요
그대는 사랑 그 자체였으니까요.

아 , 나의 연인
내 사랑
제발 이젠 침묵하세요.

그대는 나의 것이 되어

| S. 안젤리 |

이 세상 그 어떤 여자도 남자에게
그렇게 하진 못했으리라.

사랑하는 그대여
그대는 사랑 받은 다른 여자와 달리
내 청춘이 한 걸음 한 걸음 앞으로 나아갈 때마다
삶의 아침을 찬란하게 장식해 주었네.
나의 것으로 남아 있기 위하여
이토록 빨리 돌아와 준 그대여.

이 세상 그 어떤 여자도 남자에게
그렇게 하진 못했으리라.

밤에 오세요

| 쉴러 |

밤에 나에게로 오세요
우리 서로 꼭 껴안고 잠들면 어때요.
난 외로운 불면증 환자랍니다.
이름 모를 새는 새벽에 울었지요.
내 꿈이 또 다른 꿈과 뒹굴고 있을 때
꽃들은 시냇가 오솔길에서 피어나고
세상은 당신의 눈빛으로 물들지요.

밤에 나에게로 오세요.
예쁜 꽃신을 신고 사랑과 함께
늦은 밤 나의 지붕으로
그러면 희미한 하늘에 달이 떠오르지요.
우리는 다정한 두 마리의 들짐승처럼
세상의 저쪽 마른 갈대밭 속에서
사랑을 나누어요.

지금 이 순간

| 피터 맥 윌리엄스 |

그대에 대한 나의 사랑을
그대로는 다 표현할 길이 없습니다.
알맞은 낱말과 구절들을
찾을 길이 없습니다.

나는 분별력을 잃어버렸습니다.
그대를 만난 이후로는
그저 모든 것이 행복할 따름입니다.

사랑하기 때문에 그대를 원하는지
아니면, 그대를 원하기에 사랑하는 것인지
알 길이 없습니다.

다만, 내가 알고 있는 것은
그대와 같이 있기를 좋아하고
그대를 생각하면 행복해진다는
지금 이 순간 내 사랑은
그대와 함께 있습니다.

너를 꿈꾼다

| 헤르만 헤세 |

내가 잠자리에 들면 눈이 감기고
비가 젖은 손가락으로 지붕을 두드릴 때면
수줍은 작은 사슴이
고요히 꿈나라에서 나에게로 다가온다.

나와 너는 항상 함께 걷고 헤엄치고
숲을 지나 강을 건너 시끄러운 동물들 사이를 지나
별과 무지개빛 구름을 헤치고
고향을 향한다.

수많은 모습들이
구름 속을 떠가는가 하면, 태양의 불꽃 속을 지나고
때로는 떨어지고, 손에 손을 잡고
함께 길을 간다.

아침이 오면, 그 꿈은 사라지고
나는 깊은 내면에 잠긴다.
그것은 내 속에 있으면서
언제나 내 것이 아니었다.

당신의 이름은

| A. 톨레로 |

당신의 이름을
하얀 눈 위에 써 놓겠습니다.
바람이 그 이름을 날리면서 눈을 녹일 것입니다.
하얀 눈 위에 써 놓은
당신의 이름을 더 이상 찾지 마세요.
영원히 찾지 못할 것입니다.

당신의 이름을
젖은 모래 위에 써 놓겠습니다.
파도가 그 이름의 모래를 밀어낼 것입니다.
젖은 모래 위에 써 놓은
당신의 이름을 더 이상 찾지 마세요.
영원히 찾지 못할 것입니다.

당신의 이름을
내가 부르는 모래처럼 새겨 놓으렵니다.
시간의 날개가 모든 것을 지워버리겠지만
나의 노래 중에 어느 하나라도 사랑해 주세요.
먼 훗날 당신의 이름이
그 노래 위에 살포시 내려앉을 것입니다.

이슬에 장미 지듯이

| D. 튼 |

내 안에 나를 괴롭히는 불길을 타오르게 하면
가슴이 아프면서도 마음은 한없이 즐겁다.
이토록 즐거운 아픔이어서 사랑도 하는 것을
그 아픔을 버려야 한다면
내 차라리 죽음을 선택하리라.

하지만 그대는 알지 못하네, 슬퍼하는 이 마음을
내 혀는 말하지 않고
내 눈빛도 내색하지 않으니
한숨도 눈물도
아픔을 드러내지는 않겠지만
그래도 이슬에 장미꽃 지듯이
말없이 지고마는 안타까움.

네 가지 대답

| 로제티 |

무거운 것은?
바다와 모래와 슬픔
짧은 것은?
오늘과 내일
약한 것은?
꽃과 젊음
깊은 것은?
바다와 진리

자주 꾸는 꿈

| 베를렌 |

이상하게도 가슴 설레이는 이 꿈을 나는 자주 꿉니다.
내가 사랑하고, 그리고 나를 사랑해 주는
그러면서 누군지도 모르는 한 여자를 말입니다.
볼 때마다 항상 다르나, 그렇다고 전혀 다른 사람도 아닌
그러면서 나를 사랑하고 이해해 주는 한 여자를 말입니다.
그 여자에게만 내 마음은 환히 드러나보입니다.
그 여자에게만 내 마음은 알 수 있는 것이 됩니다.
창백한 내 이마의 진땀을 그 여자만이
그녀의 눈물로 깨끗이 해 줄 수 있습니다.

그 여자의 머리카락 빛깔도
사실 나는 모르고 있습니다.
그 여자의 이름조차 생각해 낼 수가 없습니다.
그것이 다만 한결 같은 사랑만 속삭이던 옛 연인들의 이름처럼
그렇게 고운 소리를 가지고 있다고 말할 수밖에는
그 여자의 눈짓은 조각상의 그것과도 같습니다.
그리고 멀리 끊어질 듯 그러나 엄숙하게 울려오는
지금은 입 다물어 버린 그리운 목소리를 듣는 것 뿐입니다.

우리 두 사람은

| 엘뤼아르 |

우리 두 사람은 서로 손을 맞잡고
어디서나 마음 속 깊이 서로를 믿는다.
아늑한 나무 아래, 어두운 하늘 아래
모든 지붕 아래 난롯가에서
태양이 내리찍는 빈 거리에서
민중의 망막한 눈동자 속에서
현명한 사람이나 어리석은 사람들 곁에서라도
어린 아이들이나 어른들 틈에서라도
사랑은 아무것도 감추지 않고
우리들은 그것의 확실한 증거이다.
사랑하는 사람들은 마음 속 깊이 서로를 믿는다.

내가 부를 노래

| 타고르 |

내 진정 부르고자 했던 노래는 아직까지 부르지 못했습니다.
악기만 이리저리 켜보다 세월만 흘러갔습니다.

아직 때가 되지 않았고, 말도 다 고르지 못했습니다.
준비된 것은 오직 바라는 마음뿐입니다.

꽃은 피지 않고 바람만이 한숨 쉬듯 지나갔습니다.
나는 당신의 얼굴을 보지 못했고
당신의 목소리 또한 들어보지 못했습니다.
내가 아는 것은 오직 내 집 앞을 지나는
당신의 가벼운 발걸음 소리뿐입니다.

내 집에 당신의 자리를 마련하는 데 오랜 시간을 보냈습니다.
하지만 아직 등불을 켜지 못했으니
당신을 내 집으로 청할 수 없습니다.
나는 늘 당신을 만날 희망 속에 살고 있습니다.
그러나 나는 아직도 당신을 만나지 못했습니다.

기쁨과 슬픔의 차이

| 칼릴 지브란 |

그대의 기쁨이란 가면을 벗은 그대의 슬픔
웃음이 떠오르는 그 샘이 때로는 눈물로 채워진다.
그대의 내부로 슬픔이 깊이 파고들수록
그대의 기쁨은 더욱 커질 것이다.

도공의 가마에서 구워진 그 잔이
바로 그대의 포도주를 담는 잔이 아닌가
칼로 후벼 파낸 그 나무가
그대의 영혼을 달래는 피리가 아닌가.

그대여, 기쁠 때 가슴 속을 깊이 들여다보라.
그러면 깨닫게 되리라.
그토록 기쁨을 주었던 바로 그것이
바로 그대의 슬픔의 원천임을.

그대여, 슬플 때에도 가슴 속을 들여다보라.
그러면 깨닫게 되리라.
그토록 기쁨을 주었던 바로 그것 때문에
그대가 눈물 흘리고 있음을.

작은 기도

| 사무엘 E. 키서 |

눈이 멀어 더듬더듬 찾게 하지 마시고
밝은 목표로
언제나 희망을 말할 수 있고
유익한 기운을 더할 수 있는가를
알게 하소서.
불길이 약할 때
얇은 옷 차려 입은 꼬마들이 거기 앉아
지금까지 누려본 적 없는 즐거움을 만끽할 때에는
살랑살랑 부드러운 바람이 불게 하소서.

가는 세월 동안에는
무심코 내가 던진 말이나
내가 얻으려고 애쓴 노력으로 인하여
가슴 아픈 일도
두 볼이 젖게 하는 일도 없게 하소서.

그때 알았더라면

| 킴벌리 커버거 |

지금 알고 있는 걸 그때 알았더라면
내 가슴이 말하는 것에 더 자주
귀를 기울였을 것이다.
더 즐겁게 살고 덜 고민했을 것이다.
금방 학교를 졸업하고 머지않아
직업을 가져야 한다는 걸 깨달았을 것이다.
아니, 그런 것들은 잊어버렸을 것이다.
다른 사람들이 나에 대해 말하는 것에는
신경 쓰지 않았을 것이다.

그 대신 내가 가진 생명력과 단단한 피부를
더 가치있게 여겼을 것이다.
더 많이 놀고, 덜 초조했을 것이다.
진정한 아름다움은 자신의 인생을
사랑하는 데 있음을 기억했을 것이다.
부모가 날 얼마나 사랑하는가를 알고
또한 그들이 내게 최선을 다하고 있음을 믿었을 것이다.

사랑에 더 열중하고
그 결말에 대해선 덜 걱정했을 것이다.
설령, 그것이 실패로 끝난다 해도
더 좋은 어떤 것이 기다리고 있음을 믿었을 것이다.

아, 나는 어린아이처럼 행동하는 걸
두려워하지 않았을 것이다.
더 많은 용기를 가졌을 것이다.
모든 사람에게서 좋은 면을 발견하고
그것들을 그들과 함께 나눴을 것이다.
지금 알고 있는 걸 그때도 알았더라면
나는 분명코 춤추는 법을 배웠으리라.
내 육체를 있는 그대로 좋아했을 것이다.

꽃 피는 언덕에서

| W. 코이치 |

당신을 사랑합니다.
바람에 흔들려
살짝 떨어진 꽃에 파묻힌
구름이 보고 있었습니다.

당신이 떠난 지
벌써 일 년의 세월이 흘렀습니다.
오늘도 슬픔을 참으며
당신에게 호소합니다.

다시 한 번 이 가슴 속으로
돌아와 달라고
살포시 다가올 훗날의 꿈은
언제나 내 가슴 깊은 곳에 자리잡고 있습니다.

사라지지 않는
당신의 눈동자
슬픔을 참고 이별을 고하던 그 밤

가지 말아요.
헤어지면 잊어버린다고
눈물 지으며
당신의 팔에 매달릴 때
꽃이 피고 있었습니다.

당신을 사랑합니다
꽃 피는 언덕에서의 달콤한 향기는
추억 속에서도 감미롭습니다.

불꽃처럼 순수한 그대

| 게오르게 |

불꽃처럼 가녀리고 순수한 그대
아침처럼 회사하고 빛나는 그대
고귀한 줄기의 가지처럼 피어나는 그대
샘물처럼 신비롭고 단순한 그대.

햇빛 가득한 초원으로 나를 데려가다오.
저녁 연기 속에 나를 감싸다오.
그늘 속의 나의 길을 밝혀다오.
그대는 서늘한 바람
그대는 뜨거운 입김
그대는 나의 소망.

나는 언제나 대기와 함께 그대를 숨쉬고
나는 언제나 음료와 함께 그대를 마시고
나는 언제나 향기와 함께 그대에게 입 맞춘다.
고귀한 줄기의 가지처럼 피어나는 그대
샘물처럼 신비롭고 단순한 그대
불꽃처럼 가녀리고 순수한 그대
아침처럼 화사하고 빛나는 그대.

우리 두 사람이 헤어질 때

| 바이런 |

말없이 눈물 흘리며
우리 두 사람이 헤어질 때
여러 해 떨어져 있을 생각에
가슴이 찢어졌었지.

내 이마에 싸늘했던 그 날 아침의 이슬
바로 지금 이 느낌을 경고한 조짐이었어.

그대의 맹세 다 깨지고
그대의 평판 가벼워져
누가 그대 이름을 말하면
나 역시 부끄럽네.

남들은 내게 그대 이름을 말하면
그 이름이 조종처럼 들리고
온몸이 정신없이 떨리는데
왜 그리 그대는 사랑스러웠을까.

남몰래 만났던 우리
이제 난 말없이 슬퍼하네
잊기 잘 하는 그대 마음
속이기 잘 하는 그대 영혼을.

오랜 세월 지난 뒤
그대 다시 만나면
어떻게 인사를 해야 할까
말없이 눈물 흘리며
내 그대 알았던 것 남들은 몰라
너무나 잘 알고 있었던 걸
오래오래 난 그대를 슬퍼하리
말로는 못할 만큼 너무나 깊이.

미인은 화장한 지옥입니다.

| 토머스 캠피온 |

오, 미인이란 곱게 화장한 지옥과 같습니다.
자기를 따르는 자에게 상처를 주고
자기를 탐내는 자를 죽이는 자객과 같습니다.

미인의 자만심에 불길을 부채질하면
이 세상에 그 불길처럼 잔인한 것은 없습니다.

오, 헛된 욕망이 드러난 슬픔에게서 눈물을 가져왔으나
동정심은 모든 가슴에서 달아나버렸습니다.

굳은 맹세는 깨어지고
사랑마저도 잔인해지고
미인은 제멋대로입니다.

오, 슬픔이 웃고 복수의 여신이 노래합니다.
미칠 듯 타오르는 비탄에 슬픔을 눈물로
나는 너무나도 진실한 애인으로 살았습니다.
슬픔이 이토록 깊다 보면 정말로
미치고마는 것인가 하고 말입니다.

키 스

| 그릴파르처 |

손 위에 하는 것은 존경의 키스
이마 위에 하는 것은 우정의 키스
뺨에 하는 것은 감사의 키스
입술에 하는 것은 사랑의 키스
감은 눈 위에 하는 것은 기쁨의 키스
손바닥에 하는 것은 간구의 키스
팔과 목에 하는 것은 욕망의 키스
그밖에 다른 곳에 하는 키스는
모두 미친 짓.

포기하지 말아요

| 클린턴 하웰 |

때때로 그렇듯 일이 잘못될 때
앞으로 언덕길만 계속되는 것 같을 때
주머니 사정이 나쁘고 빚이 불어날 때
웃고 싶지만 한숨만 나올 때
근심이 마음을 짓누를 때
쉬어야겠다면 그냥 쉬세요
하지만 포기하지는 말아요.

때때로 그렇듯 인생이 풍파로 얼룩질 때
실패에 실패만 이어질 때
잘 하면 될 수도 있었을 텐데 그러지 못했을 때
걸음을 늦추더라도 포기하지는 말아요
한 번만 더 해보면 성공할지 모르니까요.

힘들어 머뭇거려진다면 기억하세요
목표가 보기보다 가까이 있는 때도 많다는 것을
승자가 될 수 있었는데 노력하다 포기하는 경우도 많지요.

금관이 바로 저기 있었다는 것을
너무 늦게 깨달았습니다.
이미 슬그머니 밤이 온 후에 말입니다.

성공은 실패를 뒤집어 놓은 것
성공은 아주 가까운 거리에 있습니다.
바로 앞에 있는지도 모릅니다.
그러니 힘들 때도 끈질기게 싸워야 합니다.
최악으로 보이는 상황이야말로
포기하면 안 되는 가장 중요한 기회입니다.

눈물 속에 피는 꽃

| J. 도레 |

나는 믿어요.
지금 흘러내리는 눈물방울마다
새로운 꽃이 피어나리리는 것을.
그리고 그 꽃잎 위에
나비가 찾아올 것이라는 것을.

나는 믿어요.
영원 속에서 나를 생각해 주고
나를 잊지 않을 그 누군가가
있다는 것을.

그래요.
언젠가 나는 찾을 거예요.
내 일생 동안 혼자는 아닐 거예요.

나는 알아요
보잘 것 없는 나를 위해
영원 속에 사랑이 있다는 것을

그래요.
내 일생 동안 혼자는 아닐 거예요.
나는 알아요
이 하늘보다 더 높고 넓은 영원 속에
작은 마음이 살아 있다는 것을.

내 사랑 메리

| 클레어 |

너는 나와 함께 자고 함께 눈을 뜨는데
나 있는 곳에는 없구나.
나는 내 품에 너를 향한 그리움을 가득 안고
한낱 공기만을 마실 뿐이다.

네 모습은 보이지 않는데
네 눈은 나를 바라보고 있고
아침이나 낮이나 그리고 또 밤에도
내 입술은 언제나 네 입술에 닿아 있다.

내 마음을 위해서라면

| 네루다 |

내 마음을 위해서라면
당신의 가슴으로 충분합니다.
당신의 자유를 위해서라면
나의 날개로 충분합니다.
당신의 영혼 위에서 잠들어 있던 것이
나의 입술로부터 하늘까지 올라갑니다.

매일의 환상은 당신 속에 있습니다.
꽃잎에 맺혀 있는 이슬처럼
당신은 사뿐히 다가옵니다.
당신의 모습이 나타나지 않음으로.

당신은 지평선으로 파고들어갑니다.
그리고는 파도처럼 영원히 떠나갑니다,
소나무 돛대처럼
당신은 바람을 통해
노래한다고 나는 말했습니다.

그들처럼 키가 크고 말이 없지만
길 떠난 나그네처럼 당신은
슬픔에 잠깁니다.
옛 길처럼 당신은
언제나 다정한 모습입니다.
하지만 산울림과 향수가 당신을 어루만져 줍니다.

당신의 양혼 속에서 잠들던 새들이 날아갈 때면
나는 깊은 잠에서 또다시 깨어납니다.

꿈속의 여인

| 럼티미자 |

하롱베이에 비가 내린다.
한 차례 폭풍이 진한 커피를 끓이듯
하롱베이는 아직 만나지 못한 연인들처럼
기다림에 지친 마음을 흔들어 놓는다.

이제는 다시 만날 수가 없네.
괴롭게도 내가 돌아서야 한다면
오, 아름다웠던 꿈이여!
계속 멀어져만 가는 그대 뒷모습
흔들리네, 하롱베이처럼

그대의 모습 상상 속에 두기로 했습니다.
그대 얼굴에 고요히 떨어지는 나뭇잎처럼
그 아름다운 얼굴에 고개를 돌리고 만다.
나도 몰래 또다시 찾아 헤매는 그대의 얼굴.

침묵의 훈계

| 라이오넬 존슨 |

고독의 슬픔에 뒤이은 적막한 생각
가슴 아픈 나날
나는 그 모든 것을 이해한다.
흔들리는 신앙, 고뇌에 찬 희망
창백한 꽃,
나는 그 모든 것을 이해한다.

때때로 불어오는 바람이
나를 슬픔에 빠지게 하고
별과 달이 공포에 떠는 침묵의 밤
바다에 깔려 있는 적막
황량한 들판의 젖은 탄식에
나는 놀란다.

내게는 그 분이

| 삽포 |

내게는 그 분이 마치 신처럼 여겨진다.
당신의 눈앞에 앉아서
얌전한 당신의 말에 귀 기울이고 있는
그 남자 분은.

그리고 당신의 사랑어린 웃음소리도
그것이 나였다면 심장이 고통치리라.

잠시 당신을 바라보기만 해도 이미
목소리가 잠겨 말이 나오지 않고,
혀는 그대로 정지되고
살갗에는 열이 나고
눈에는 보이는 것이 아무것도 없고
귀에는 아무 소리도 들리지 않네.

차디찬 땀이 흘러내릴 뿐
온몸은 와들와들 떨리기만 할 뿐
물보다 창백해진 내 모습은 마치
숨겨버린 사람 같네.

그리움은 나의 운명

| 에릭 칼펠트 |

그리움은 나의 운명.
나는 그리움의 계곡 한복판에 홀로 서 있는 외로운 성.
거기에는 기묘한 현악기의 울림이
부드럽게 그 성을 에워싸고 있다.

말해다오.
어두운 성 깊숙한 곳에서 탄식하는 파도여
너는 어디서 온 것인가.
너 역시도 나처럼 꿈꾸는 나날을 노래하고
잠들지 못하는 밤을 노래하는가.

비밀의 현으로부터 울리는
한숨과도 같은 그 영혼은 누구인가
짙은 벌꿀의 향기처럼 황홀한
황금빛 들판으로 향하는가.

작렬하던 태양도 스러져
세월이 나를 지치게 하여도
장미는 여전히 향기를 내뿜고
추억은 속삭이듯이 가슴속에 새겨진다.

너의 노래를 들려다오, 비밀의 현이여
꿈꾸는 성에 너와 함께 머물고 싶다.

그리움은 나의 숙명
나는 그리움의 계곡에 홀로 서 있는
외로운 섬.

키스, 그 말만 들어도

| 알프레드 테니슨 |

아름다움이여
지나가는 세상에서 더없이 감미로움이여!
그대는 어찌하여 내 젊음을 이토록
한숨 속에서 낭비하게 하는가.
그대의 먼 발치 끝에라도 머물기를 원했다. 나는
그대의 눈동자는 감히 바라볼 수 없음을
나는 알고 있다.

내 그대의 손에
키스할 수만 있다면
그러나 나는 그대를 포용할 수도 없으며
감히 말 한마디 건넬 수조차 없다.
키스할 생각만 해도
내 정신은 아득히 굴러 떨어진다.
키스 그 말 자체가
나의 내면 깊은 곳의 영혼을 울린다.

사랑에 빠질수록 혼자가 되라

| 릴케 |

사랑에 빠진 사람은
혼자 지내는데 익숙해야 하네
사랑이라고 불리는 그것
두 사람의 것이라고 보이는 그것은 사실
홀로 따로따로 잊어야만 비로소 충분히 전개되어
마침내는 완성될 수 있는 것이기에
사랑이 오직 자기 감정 속에 들어 있는 사람은
사랑이 자기를 연마하는 일과가 되네.
서로에게 부담스런 짐이 되지 않으며
그 거리에서 끊임없이 자유로울 수 있는 것
사랑에 빠질수록 혼자가 되라.
두 사람이 겪으려 하지 말고
오로지 혼자가 되라.

바닷가 사랑

| 사토 하루오 |

낙엽진 마른 솔잎을 쓸어모으던
소녀와 같았던 당신
그 낙엽진 마른 솔잎에 불을 시피던
더벅머리 소년 같았던 나였습니다.

소년과 소녀는 서로 다정하게
푸른 빛으로 타오르는 모닥불을 사이에 두고
한 마음으로 손을 잡았습니다.
아련한 미래의 꿈을 꾸며.

회색으로 저무는 저녁 어스름 속의
모닥불 연기는 보일 듯 희미하고
바닷가의 철없는 사랑은
낙엽진 솔의 모닥불입니다.

버드나무 정원

| 예이츠 |

버드나무 정원에서 그녀와 만났습니다.
눈처럼 흰 작은 발로 버드나무 정원을 지나며
그녀는 내게 일러주었습니다.
나뭇가지에 잎이 자라듯 사랑을 가볍게 여기라고
그러나 난 너무나 어리석어
그녀의 말을 들으려 하지 않았습니다.

나는 강가 들판에서 그녀와 서 있었습니다.
그녀는 어깨 위에 눈처럼 흰 손을 얹으며
나에게 일러주었습니다.
둑에 풀이 자라듯 인생을 가볍게 여기라고.
그러나 젊고 어리석었던 나에겐
지금 눈물만 가득합니다.

소녀의 자화상

| 데상 |

나는 정말로 어여쁜가요?
이마는 환하고 얼굴은 곱고
입술은 연분홍빛이라고
스스로 그렇게 생각하는데
내가 정말 예쁜지 말해 주세요.

내 눈은 에메랄드, 가느다란 눈썹
금발의 머리카락, 오똑 선 콧날
희디 흰 목덜미, 토실토실한 턱
나는 정말로 예쁜가요?

시든 장미

| 하인리히 하이네 |

그녀는 한 송이 장미꽃 봉오리였습니다.
내 가슴은 꽃봉오리를 보며 애태웠습니다.
하지만 꽃봉오리는 자라나 아름답게
꽃망울을 한껏 터뜨렸습니다.

세상에서 제일 예쁜 장미가 되었습니다.
나는 장미를 꺾고 싶었으나
하지만 장미는 가시로 나를
따끔하게 찔렀습니다.

시들고, 바람과 비에 찢기고
할퀸 지금에 와서는
사랑하는 하인리히가 여기 있어
그녀는 내게 다정하게 다가옵니다.

장미 잎사귀

| 삽포 |

장미 잎사귀가 노랗게 시들어
분수대 주위에 파르르 떨어질 때
고요히 들리는 갈피리 소리
외로운 마음을 더하여 준다.

자갈소리 내 귀에 들리기를
안타깝게 기다리는
설레이는 마음이여!
그건 내 사랑하는 사람의 발자취 아닌가.

꽃이 하고 싶은 말

| 하이네 |

새벽 무렵 숲에서 꺾은 제비꽃
이른 아침 그대에게 보내드리우리라.
황혼 무렵 꺾은 장미꽃도
저녁에 그대에게 바치리라.

그대는 아는가.
낮에는 진실하고
밤에는 사랑해 달라는
그 예쁜 꽃들이 하고픈 말을.

거리에 비가 내리듯

| 베를레느 |

거리에 비가 내리듯
내 마음에 눈물이 내린다.

가슴 속에 스며드는
이 설레임은 무엇일까?

대지에도 지붕에도 내리는
빗소리의 부드러움이여!
답답한 마음에
오, 비 내리는 노랫소리여!

울적한 이 마음에
까닭도 없이 눈물이 내린다.
웬일인가! 원한도 없는데,
이 슬픔은 까닭이 없다.

이건 진정 까닭 모르는
가장 괴로운 고통
사랑도 없고, 증오도 없는데
내 마음 한없이 괴로워라!

마지막 사랑

| 포르 |

바닷가로 나아가
마지막 사랑의 입맞춤을 보내드리겠습니다.

바닷바람 거센 바람이
입맞춤쯤은 날려버릴지도 모르겠습니다.

그러면 마지막 사랑의 징표로
이 손수건을 흔들어 보내드리겠습니다.

바닷바람 거센 바람이
손수건쯤은 날려버릴지도 모르겠습니다.

그러면 배 떠나는 그 날에
눈물을 흘리며 보내드리겠습니다.

바닷바람 거센 바람이
눈물쯤은 이내 말려버릴지도 모르겠습니다.

아, 그러면 언제까지나
잊지 않고 기다려 드리겠습니다.
그대여, 내가 드릴 수 있는 사랑은
이것뿐일지 모르겠습니다.

더 이상 헤매이지 말자

| 바이런 |

이제는 더 이상 헤매이지 말자
이토록 늦은 한밤중에
사랑은 가슴 속에 깃들고
지금도 달빛은 환하지만.

칼을 쓰면 칼집이 헤지고
정신을 쓰면 가슴이 헐고
심장도 숨쉬려면 쉬어야 하고
사랑도 때로는 쉬어야 한다.

밤은 사랑을 위해 있고
낮은 너무 빨리 돌아오지만
이제는 더 이상 헤매이지 말자.
아련히 흐르는 달빛 사이를……

가을의 입맞춤

| 다미구치 마사코 |

사람을 사랑하여
사랑했다는 사실을 잊고 말았다.
그 자리에 눈동자가 피어 있었다.
싸리꽃이 떨어져 하얗게 깔린 길
화산재가 뿌리는 산길
억새풀을 갈라놓으며 불어오는 바람이
뺨을 내밀며 입을 맞추었다.
사람을 사랑하여
사랑했던 사실을 잊고 말았다.

마을에 비가 내리듯이

| 베르레느 |

마을에 비가 내리듯이
내 마음에 눈물이 흐른다.
내 마음 속으로 스며드는
이 우울함은 무엇인가.

대지와 지붕 위에 내리는
부드러운 빗소리여
우울한 마음에 울리는
빗소리, 비의 노래여.

슬픔으로 얼룩진 내 마음에
까닭없이 비는 눈물 짓는다.
이것은 배반이 아니란 말인가
이 크나큰 슬픔은 까닭이 없다.

그 까닭을 모르는 슬픔이란
가장 견디기 어려운 고통
사랑도 미움도 없지만
내 가슴은 고통으로 무너진다.

미라보 다리

| 아뽈리네르 |

미라보 다리 아래 세느 강은 흐르고
우리들의 사랑도 흘러내린다.
내 마음 속에 깊이 간직하리니
기쁨은 언제나 괴로움 뒤에 이어짐을
밤이여! 오라. 좋아! 울려라
세월은 가고 나는 머문다.

손에 손을 맞잡고 얼굴을 마주 바라보며
우리들 팔 아래 다리 밑으로
영원의 눈길을 보내는 지친 물살이
저렇게 천천히 흘러내린다.
밤이여! 오라. 좋아! 울려라.
세월은 가고 나는 머문다.

사랑은 흘러간다. 이 물결처럼
우리들의 사랑도 흘러간다.
어쩌면 삶이란 이렇게 지루한가
희망이란 왜 이렇게 격렬한가.

흰 눈

| 맥니스 |

방안은 갑자기 풍요로워지고
창밖으로는 눈이 날리는데
그 옆에 분홍 장미가
소리도 없이 함께 서서 한없이 아름답다.
세상은 우리가 상상하기보다 갑작스러운 것.

세상은 우리가 생각하는 것보다 더 소란한 것.
그리고 어쩔 수 없는 짝수
나는 탠지어 오랜지의
껍질을 벗겨 쪼개고 씨를 뱉으며
만물의 변화에 도취됨을 느낀다.

거품 이는 소리를 내며 불꽃이 오른다.
세상은 생각보다 더 심술궂고 유쾌한 것
혀와 눈, 귀와 손바닥 여러 부분에서
흰 눈과 장미 사이에는 투명한 유리 이상의 것이 있다.

눈

| 구르몽 |

시몬, 눈은 너의 목처럼 희다.
시몬, 눈은 너의 무릎처럼 희다.

시몬, 너의 작은 손은 눈처럼 차다.
시몬, 너의 마음은 눈처럼 차다.

눈을 녹이는 불같은 입맞춤
너의 마음을 녹이는 이별의 키스

눈은 슬프다. 소나무가지 위에서
너의 이마는 슬프다. 너의 밤색 머리카락 아래서

시몬, 눈이 정원에 잠들어 있다.
시몬, 너는 나의 그리운 눈, 그리고 나의 연인.

추 억

| 프로스토 |

흙 속은 차갑고, 그 위에는 깊은 눈이 쌓여있다.
저 먼 곳 쓸쓸한 무덤 속에 차갑게 묻힌 그대
하나뿐인 사람아, 모든 것을 삼키는 시간의 물결로
나는 사랑을 잊고만 것일까?

흙 속은 차가운데 어두운 섣달이
이 갈색 언덕에서 어느새 봄날의 빛이 되었다.
변모와 고뇌의 세월을 겪어왔으니
아직 잊지 못할 마음은 너를 배반하지 않았다.

젊은 날의 그리운 사람아, 혹은 세파에 시달려
너를 잊었다면 용서하기 바란다.
거센 욕망과 어두운 소망이 나를 괴롭히지만
그것들은 너를 생각하는 마음을 해치지 않았다.

그리하여 내 하늘에 빛나는 태양은 없고
나를 비추는 별도 달리 없었다.
내 생애의 행복은 모두 네 생명에서 비롯되었고
그 행복은 너와 함께 무덤에 깊이 묻혀 있다.
고엽枯葉.

기억하라. 함께 지낸 행복스런 나날을
그때 태양은 훨씬 더 뜨거웠고
우리의 삶은 아름답기 그지 없었지.
마른 낙엽을 갈퀴로 긁어 모으기로 했다네.

나는 그날을 잊을 수 없어
모든 추억도 또 뉘우침도 함께
망각의 춥고 어두운 밤 저편으로
북풍은 그 모든 것들을 싣고 갔지.

네가 불러준 그 노래 소리
그건 우리의 마음 그대로의 노래였고
너는 나를 사랑했고
나 또한 너를 사랑했다.

우리 둘은 언제나 함께 있었지.
하지만 인생은 아무도 모르게
사랑하는 이들을 헤어지게 하지 않는가.
그리고 이별의 슬픔을 안고 떠나는 연인들의
모래밭에 남긴 발자취를 거센 물결이 지운다.

고 별

| 바이런 |

귀여운 아가씨여, 그대 입술이 남긴 입맞춤은
내 입술에서 영영 떠날 날이 없을 거다.
지금보다 더 행복한 우리들을 위해서
그 선물처럼 깨끗이 간직했다가
그대 입술에 되돌려 줄 때까지는.

헤어지는 이 마당에 빛나는 그대 눈동자
내 눈동자 속에서 그대 사랑만한 사랑을 보고
그대 눈시울에서 흘러내리는 눈물은
이내 가슴 속에 울음이 되어 있겠지.

홀로 있을 때 그대를 응시하면서도
날 행복하게 해 줄 사랑의 표적을
그리고 가슴 속에 간직할 사랑의 기념물도 청하지 않으련다.
내 가슴은 이미 그대 생각만으로 가득 찼거든.

내 마음은 글로 표현하지 않으련다.
그러기엔 나의 붓이 너무나 무력하다.
오, 사무친 내 마음
하찮은 말이, 어이 다 이룰손가.

이 별

| 괴테 |

입으로 차마 이별의 인사를 못해
눈물 어린 눈짓으로 떠난다.
복받쳐 오르는 이별의 서러움
그래도 남자라고 뽐냈지만

그대 사랑의 선물마저
이제 나의 서러움일 뿐
차갑기만 한 그대 입맞춤
이제 내미는 힘 없는 그대의 손

살며시 훔친 그대의 입술
아, 지난날은 얼마나 황홀했던가.
들에 핀 제비꽃을 따면서
우리는 얼마나 즐거웠던가.

하지만 이제는 그대를 위해
꽃다발도 장미꽃도 꺾을 수 없어.
봄은 왔건만
내게는 가을인 듯 쓸쓸하기만 하다.

세계 명시 • 2

머물러 있는 것이
청춘인 줄 알았는데

산 너머 저쪽

| 칼 부세 |

산 너머 저 하늘 멀리
모두들 행복이 있다고 말하기에
남을 따라 나도 찾아갔지만
눈물 지으며 되돌아 왔네.
산 너머 저 하늘 멀리
모두들 행복이 있다고 말하건만.

무지개

| E. 워즈워드 |

하늘의 무지개를 바라보면
내 가슴은 벅차 오른다.
나 어려서 그러하였고
어른이 된 지금도 그러하거늘
늙어서도 그러할 것입니다.
아니면, 이제라도 나의 목숨을 거두어 가소서.

어린이는 어른의 아버지
바라노니 내 생애의 하루하루를
천성의 경건한 마음으로 살아가게 하소서.

삶이 그대를 속일지라도

| 푸쉬킨 |

삶이 그대를 속일지라도
슬퍼하거나 노여워하지 말라
마음 아픈 날엔 끝가지 참고 견뎌라
그러면 즐거운 날이 찾아오리니.

마음은 미래를 바라지만
현실은 한없이 우울한 것
모든 것은 순식간에 날아간다
그러면 내일은 기쁨으로 돌아오리라.

삶

| 라즈니쉬 |

삶이란
빈 곳을 채워주는 순리이다.
진정한 삶이라
강물의 모습과 같은 것이다.
그것은 끊임없이 변화한다.
잠시도 쉬지 않고 움직인다.
어떤 때, 그것은 여름처럼 강렬하다.

우리의 삶이란
인생을 즐기고 축하하기 위해서 있는 것이다.
삶은 시장의 상품과 같은 것이라기보다는
한 편의 시와 같은 것이다.
삶은 하나의 시
하나의 노래
하나의 춤이다.

나 여기 앉아 바라보노라

| 휘트먼 |

나는 홀로 세상의 모든 슬픔을 본다.
온갖 고난과 치욕을 바라본다.

나는 스스로의 행위가 부끄러워
고뇌하는 젊은이들의 가슴에서
복받치는 아련한 흐느낌을 듣는다.

나는 아내가 지아비에게 학대 받는 모습을 본다.
나는 젊은 아낙네를 유혹하는 배신자를 본다.

나는 전쟁, 질병, 압제가 멋대로 행하여지는 꼴을 본다.
나는 오만한 인간이 노동자와 빈민과 흑인에게 던지는
경멸과 모욕을 본다.

이 모든 끝없는 비천과 아픔을
나는 홀로 앉아 바라본다.

그리고 침묵한다.

인생예찬

| 롱펠로우 |

슬픈 사연으로 내게 말하지 말라.
인생은 헛된 꿈에 불과하다고.

잠자는 영혼은 죽은 것과 같으므로
만물의 겉모습 그대로가 아니다.

인생은 진실이다
인생은 진지하다
무덤이 그 종말이 될 수는 없다.

'너는 흙이니 흙으로 돌아가라'
이 말은 영혼에 대해 한 말이 아니다.

우리가 가야 할 곳, 또한 가는 길은
향락도 아니며 슬픔도 아니다.

저마다 내일이 오늘보다 낫도록
행동하는 그것이 목적이며 길이다.

예술은 길고 세월은 빨리 흐른다.
우리의 심장은 튼튼하고 용감하나
싸맨 북소리처럼 둔탁하게
무덤을 향하여 장송곡을 치고 있다.

이 세상의 넓고 넓은 싸움터에서
발없이 쫓기는 짐승처럼 되지 말고
싸움에 이기는 영웅이 되라.

반짝이는 별이여

| 존 키츠 |

반짝이는 별이여, 내가 너처럼 변함 없었으면.
외로이 홀로 떨어져 밤하늘에 빛나며

계속 정진하며 잠자지 않는 자연의 수도자
그와 같이 영원히 눈 뜨고 지켜보면서

인간이 사는 해안 기슭을 깨끗이 씻어주고
출렁이는 바닷물을 지켜보며

넓은 들과 산봉우리에 내려 덮인
첫눈의 깨끗함을 응시하리라.

인생

| 릴케 |

인생을 이해하려 해서는 안 된다.
인생은 축제와 같은 것
하루하루를 그대로 살아나가라.
다만,
바람이 불 때 흩어지는 꽃잎을 줍는 아이들은
그 꽃잎들을 모아둘 생각은 하지 않는다.
꽃잎을 줍는 순간을 즐기고
그 순간에 만족하면 그뿐이다.

인생이란

| 샬롯 브론티 |

인생은 사람들이 말하는 것처럼
어둡기만 한 것은 아닙니다.
아침에 내리는 비는
빛나는 오후를 선물합니다.

때로는 어두운 구름이 몰려오지만
금방 지나갑니다.
소나기가 와서 장미꽃을 피운다면
소나기가 내리는 것을 슬퍼하거나 미워할 이유가 없습니다.
인생의 즐거운 순간은 그리 많지 않습니다.
반가운 마음으로 그 시간을 즐기면 됩니다.

가끔 죽음이 찾아와
제일 좋아하는 사람을 데려간다 하더라도
슬픔이 승리하여
희망을 짓누른다 하더라도 어떻습니까.

인생의 계단

| 헤르만 헤세 |

꽃이 피는 것처럼 꽃이 시들고
청춘이 늙듯이
인생의 계단도, 지혜도, 덕도, 모두 그때그때
영원히 존재하지 않는다.
삶의 외침을 들을 때마다
마음은 용감하게, 슬퍼하지 않고
새로운 다른 속박을 받아
작별과 재출발을 준비해야만 한다.
일의 시작에는 마력같은 것이 깃들어 있다.
그것이 우리를 지켜주고 살아가게 하는데 도움을 준다.
우리는 이어지는 생의 공간을 명랑하게 뚫고 나아가야 한다.
우리가 어떤 생활권에 뿌리를 내리고
마음 편히 살게 되면 탄력을 잃기 쉽다.
새로운 출발과 여행을 떠날 준비가 되어 있는 자만이
습관의 일상에서 벗어나게 될 것이다.
임종의 순간에도 여전히 우리는 새로운 공간으로 향하여
건강하게 보내게 될지 모른다.
우리들이 부르짖는 삶의 외침은 끝나는 일이 없을 것이다.
마음이여, 이별을 생각하지 말고 건강하게 되어라.

인생의 계절

| 존 키츠 |

한 해가 네 계절로 나누어져 있듯이
인생에도 네 계절이 있다.

건강한 사람의 봄은 그의 영혼이
모든 것을 아름답게 받아들이는 때이며
그의 여름은 밝고 빛나며
봄의 향기롭고 명랑한 생각을 사랑하여
열정을 꽃피우는 때이므로 그의 꿈이 하늘 끝까지
높이 날아오르는 부푼 꿈을 꾼다.

그의 영혼에 가을 오면
그는 꿈의 날개를 접고
올바른 것들을 놓친 잘못과 태만을
벌판의 실개천을 무심히 바라보듯이
방관하며 체념하는 상실의 계절이다.

그에게도 겨울이 오면 창백하게 일그러진 모습으로
죽음의 길을 먼저 떠나가리라.

인생은 하나의 거울

| 매를린 브리지스 |

세상에는 영원히 변치 않는 마음과
굴복하지 않는 정신이 있다.
순수하고 진실한 영혼들도 있다.
그러므로 자신이 가진 최상의 것을 세상에 주면
최상의 것이 너에게 다시 돌아올 것이다.

마음의 씨앗을 세상에 뿌리는 일이
지금은 헛되게 보일지라도
언젠가는 열매를 거두게 될 것이다.

부자이든 가난한 사람이든
삶은 다만 하나의 거울로
우리의 존재와 행동을 비춰줄 뿐이다.
자신이 가진 최상의 것을 세상에 주면
최상의 것이 꼭 너에게 보답할 것이다.

인생이란

| 플라텐 |

세상이 어떤 것인지 아는 사람은 누구인가.
사람들 모두 반평생을 꿈 속에서 지내며
중병에 걸린 환자처럼 무리 속에서
어리석은 사람들과 불필요한 말을 나누면서
사랑이란 번민에 빠져 괴로워하는 것.
그다지 생각도 못하고 하는 일도 없이
건들건들 놀다가 죽는 것.

인생의 강

| 캠벨 |

나이를 먹어갈수록, 우리 인생의
길게 계속된 계단이 짧게 보인다.
어렸을 때는 하루가 일년처럼 보이고
한 해가 한 시대처럼 보인다.

우리들 청춘기의 유쾌한 흐름은
아직 열정이 흩어지기 전에는
평화스런 강물처럼 조용히 흐른다.
풀이 우거진 강기슭을 따라서.

그러나 고뇌로 얼굴이 창백할 때
슬픔의 화살이 계속하여 날아올 때
아아, 별이여! 인간의 생명을 측량하는 듯
어찌 운행이 그렇듯 빠르게 보이는가.

온갖 기쁨이 그 생기를 잃게 되고
생활 그 자체가 무의미해졌을 때
우리가 죽음의 폭포에 들어갈 적에
왜 생명의 흐름을 보다 빨리 느끼는 것일까.
이상하게 생각할지 모르지만,

대체 누가 때의 움직임을 늦게 했다는 것인가?
우리의 친구들은 하나 하나가 사라져 가고
우리 마음에 돌처럼 맺힌 추억을 되새기게 한다.

하늘의 뜻을 따라 힘이 쇠잔한 노년시절에는
그 보상으로 시간의 흐름을 빨리 하고
청춘일 때는 그 즐거움에 적합하도록
시간을 길게 느끼도록 해준다.

높은 곳을 향하여

| 브라우닝 |

위대한 사람이 단번에 그와 같이
높은 곳에 뛰어오른 것은 아니다.

동료들이 단잠을 잘 때
그는 깨어서 일에 몰두했던 것이다.
인생의 묘미는 자고 쉬는데 있는 것이 아니라
한 걸음 한 걸음 앞으로 나아가는 데 있다.

무덤에 들어가면 얼마든지 자고 쉴 수 있다
자고 쉬는 것은 그때 가서 실컷 하도록 하자
살아있는 동안은 생명체답게 열심히 활동하자
잠을 줄이고 한 걸음이라도 더 빨리 더 많이 내딛자.

높을 곳을 향해, 위대한 곳을 향해.

인간과 바다

| 보들레르 |

지혜로운 인간이여, 항상 바다를 사랑하라.
바다는 그대의 거울, 그대는 자신의 넋을
한없이 출렁이는 물결 속에 비추어 본다.
그대의 정신은 바다처럼 깊숙한 심연이다.

그대는 즐겨 자신의 모습 속으로 잠긴다.
그대는 그것을 눈과 팔로 껴안고
그대 마음은 사납고 격한 바다의 탄식에
자신의 갈등도 사그라진다.

그대는 음흉하고 조심성이 많아
인간이여, 그대의 심연 바닥을 헤아릴 길이 없고
바다여, 그 은밀한 보화를 아는 이 아무도 없기에
그토록 조심스레 비밀을 지키는 것인가.

하지만, 그대들은 태고적부터
인정도 회한도 없이 서로 싸워왔으니
그토록 살육과 죽음을 좋아하는가.
오, 영원한 투사들
오, 냉혹한 형제들이여.

삶은 아주 작은 것들로 이루어졌습니다

| 메리 R. 하트먼 |

삶은
아주 작은 것들로 이루어졌습니다.
위대한 희생이나 의무가 아니라
미소와 위로의 말 한 마디가
우리의 삶을 아름다움으로 채웁니다.
간혹 가슴 속으로 아픔이 오고 가지만
그것은 다른 얼굴을 한 축복일 뿐
시간의 책장을 넘기면
위대한 놀라움을 보여줄 것입니다.

삶의 머무름

| 칼릴 지브란 |

나의 집이 나에게 말합니다.
"나의 곁을 떠나지 마세요.
당신의 과거가 여기에 머물고 있으니까요."

길이 나에게 말합니다.
"어서 나를 따르세요.
내가 바로 당신의 미래니까요."

나는 집과 길
모두에게 대답해 주었습니다.
"나에게는 과거도 미래도 없다.
만약 내가 여기 머무른다면
이 머무름 속에 나의 나아감이 있고
또 내가 이 길로 나아간다면
그 나아감 속에 머무름이 있다.
오직 사랑과 죽음만이
모든 것을 바꿀 수 있을 뿐이다."

작은 기쁨을 위하여

| 칼 힐티 |

기뻐하라.
나의 어두운 마음이여
네가 끊임없이 짓눌렸던
그 고통에서 벗어났다.
내 위에 무덤처럼 덮여 있던
고통의 시간은 이미 끝났다.

오늘은 세상이 밝은 빛으로 아름답다.
마치 새로 태어난 것처럼
너는 이 넓고 푸른 초원의 언덕에서
이미 많은 괴로움을 벗었다.

이슬이 풀잎에서 빛으로 반짝인다.
찬란한 아침 햇살을 받고
저 투명하게 푸른 하늘에는
융프라우의 흰 눈이 선명하다.
모든 가지에서 새들이 즐겁게

아름다운 날개를 흔들고 있다.
계절의 마지막 검은 까마귀는
저쪽 마을로 날아가서 돌아오지 않는다.

이제 잠시만 인내하라.
더 이상 괴로워해서는 안 된다.
찬란한 여름의 환희가
봄의 광풍을 몰아내고 달려온다.

세상살이

| 장 콕토 |

당신의 이름을 나무에 새겨 놓으십시오.
하늘까지 우뚝 치솟은 나무 줄기에 새겨 놓으십시오.
나무는 대리석보다 한결 낫습니다.
그러면 새겨 놓은 당신의 이름도 자랄 것입니다.

진실한 삶을 위해

| 톨스토이 |

어떤 일에서든 진실해야 합니다.
진실한 것이 더 삶을 윤택하게 합니다.
어떤 일이든
거짓으로 해결하는 것보다는
진실에 의해서 해결하는 편이
보다 신속하게 처리된다는 것을 잊어서는 안 됩니다.

남에게 하는 거짓말은
문제를 혼란시키고
해결을 더욱 어렵게 할 뿐입니다.
그러나 그것보다 더 나쁜 것은
겉으로는 진실한 체하며
자기 자신에게 거짓말을 하는 것입니다.

그것은 결국
그 사람의 인생을 망칠 것입니다.

내 삶의 작은 기도

| 사무엘 E. 키서 |

눈 멀어 더듬더듬 찾게 하지 마시고
맑은 비전으로
언제 희망을 말할 수 있고
언제 한결 유익한 기운을 더할 수 있는가를
알게 하소서.
불길이 약할 때
얇은 옷 차려 입은 꼬마들이 거기 앉아
여태껏 누려본 적 없는 즐거움을 그려보는 때에는
살랑살랑 부드러운 바람이 불게 하소서.

가는 세월 동안에는
무심코 내가 던진 말이나
내가 얻으려고 애쓴 노력으로 인하여
가슴 아픈 일도
두 볼이 젖게 하는 일도 없게 하소서,

길

| 베드로시안 |

아무리 어두운 길이라도
어느 날부터
누군가는 이 길을 지나갔을 것이고,

아무리 힘든 길이라도
어느 날부터
누군가는 이 길을 통과했을 것이다.

아무도 걸어가 본 적이 없는
그런 길은 없다.

나의 어두운 한때가
비슷한 여행을 하는
모든 사랑하는 사람들에게
도움을 줄 수 있기를.

행복해 진다는 것

| 헤르만 헤세 |

인생에 주어진 의무는
다른 아무것도 없습니다.
그저 행복하라는 한 가지 의무뿐입니다.

그런데도
그 온갖 도덕, 온갖 계명을 갖고서도
사람들은 그다지 행복하지 못합니다.
그것은 사람들 스스로가 행복을 만들지 않는 까닭입니다.

인간은 선을 행하는 한 누구나 행복을 느낍니다.
스스로 행복하고 마음속에서 조화를 찾는 한
그러니까 사랑을 하는 동안만이라도.

모든 인간에게 세상에서 한 가지 중요한 것은
그의 가장 깊은 곳
그의 영혼
그의 사랑하는 능력입니다.

보라죽을 떠 먹든 맛있는 빵을 먹든
누더기를 걸치든 보석을 휘감든
사랑하는 능력이 살아 있는 한
세상은 순수한 영혼의 화음을 울렸고
언제나 좋은 세상
옳은 세상이었습니다.

가지 않는 길

| 프로스트 |

갈색 숲 속에 두 갈래로 길이 갈라져 있었습니다.
안타깝게도 나는 두 길을 갈 수 없는
한 사람의 나그네로 오랫동안 서서
한쪽 길이 덤불 속으로 꺾여 내려간 곳까지
바라다 볼 수 있는 데까지 멀리 보았습니다.

그리고 똑같이 아름다운 다른 길을 택했습니다.
그럴 만한 이유가 있었습니다.
거기에는 풀숲이 더 우거지고
사람이 걸어간 자취가 적었습니다.
하지만, 그 길을 걸어감으로 해서
그 길도 거의 같아질 것입니다만.

그날 아침 두 길에는 낙엽을 밟은 자취가 적어
아무에게도 더럽혀지지 않은 채 묻혀 있었습니다.
아, 나는 뒷날을 위해 한 길을 남겨두었습니다.
길은 다른 길에 이어져 끝이 없었으므로
다시 오기 어려우리라는 것을 알면서도.

오랜 세월이 흐른 뒤에
나는 한숨 지으며 이야기할 것입니다.
숲 속에 두 갈래 길이 나 있었다고
나는 사람이 적게 간 길을 택했고
그것으로 해서 모든 게 달라졌다고.

길이 보이면 걷는다

| 칼릴 지브란 |

길 끝에는 도착지가 있고
무엇과도 만나지 않으면 안 된다.
하지만 우리 모두는 자신이 꿈꾸는
최선의 길에 도착할 수가 없다.
그래도 우리는 가야 한다.
내가 목적한 길이기 때문에
바르게 걸어가야 한다.
잘못 가고 있는 그 길에도
기쁨과 슬픔이 있기 때문이다.
나를 꿈꾸게 하는 또 다른 들판은 있기 마련이다.
패랭이꽃 한 무더기쯤
가는 길 어디에 있어도
파랑새도 길 위라면
어디든지 있기 마련이다.

우리가 기뻐한다 해도
우리의 기쁨은 우리 속에 있는 것이 아니고
인생 그 자체 속에 있는 것이며
우리가 고통을 당한다 해도 고통은

우리의 상처 속에 있지 않고
가슴 속에 있는 것이다.
낙관론자는 장미꽃만 보고
그 가시를 보지 못하며
염세주의자는 장미꽃은 보지 못하고
그 가시만 본다.

순례자

| 쉴러 |

인생의 봄에
이미 나는 방랑의 길에 올랐다.
청춘의 아름다운 꿈은
아버지의 집에 남겨 둔 채로.

길은 열려 있다, 방황하라.
언제나 향상을 추구하라는
거대한 희망이 나를 휘몰고
어두운 믿음의 말을 들은 까닭에.

황금빛 대문에 이를 때까지
그 문 안으로 들어가라고
그곳에서는 현세적인 것들이
거룩하고 무상하지 않으리라는 믿음을 갖고

유산과 소유의 모든 것을
즐겁게 믿으며 버렸다.
가벼운 순례자의 지팡이를 들고
어린이의 생각으로 길을 떠났다.

인간은 쓸쓸한 생물이다

| 에버하트 |

괴로움은 본질적인 것 이라고 나는 마음에 깊이 새기나니
육체는 일하기를 거부한다
불순종은 인생의 화려한 꽃이다
인간은 쓸쓸한 생물이다.

두려움은 본질적인 것, 너는 두렵지 않은가?
너는 거짓말을 한다. 두려움은 때의 진실이다
지금은 아니더라도 뒤에 반드시 찾아오게 된다
죽음은 인간을 기다리고 있는 것이다.

조화와 사랑의 찬미
그것은 최선이요, 다른 것은 모두 거짓이다
하지만 사랑과 조화 사이에서도
인간은 쓸쓸한 생물이다.

옛것은 가고, 새것이 태어나니
대체 어떤 운명과 모험이 손을 맞잡을 것인지
삶이 혼의 사업을 실행하려 하는 곳에
때는 인간을 기다리고 있는 것이다.

삶은 온갖 인간의 가능성을 시도한다.
죽음은 하나하나의 빛나는 눈을 계속 기다리고 있다.
사랑과 조화는 인간 최선의 양식이다.
인간은 쓸쓸한 생물이다.

신 곡

| 단테 |

인생의 나그네길 반 고비에
바른길에서 벗어났던 내가
눈을 떴을 때에는 컴컴한 숲 속에 있었다.
그 가혹하고 황량하며 준엄한 숲이
어떤 것이었는지 입에 담기조차 역겹고
생각하기만 해도 몸서리쳐 진다.
그 괴로움이란 정말 죽을 정도였다.
그러나 거기서 얻게 된 행운을 말하기 위해서
목격한 서너 가지 일을 우선 말해야 하리라.
어떤 경로로 그 곳에 이르게 되었는지는
멋지게 말할 수가 없다.
그 무렵 나는 제 정신이 아니었고
그래서 바른길을 버렸던 것이다.
숲 속에서 내 마음은 두려움에 떨고 있었으나
그 골짜기가 다한 곳에서 나는 언덕의 산자락에 이르렀다.
눈을 들어보니 언덕의 능선이
이미 새벽빛에 환히 틔여져 있는 것이 보였는데
그것은 온갖 길을 통하여 만인을 올바르게 이끄는
태양의 빛이었다.

그대가 늙는다면

| 예이츠 |

그대 늙어 머리가 희어지고
잠이 많아져서 난로 옆에 앉아 졸음에 빠지게 되면
이 책을 꺼내서 천천히 읽어보기 바란다.
그리고 한때 그대의 눈이 지녔던
부드러운 눈길과 깊은 그늘을 꿈꾸어라.

그대의 기쁨에 찬 빛나는 순간들을
얼마나 사랑했으며
한때는 잘못된 혹은 진실한 사랑으로
그대의 아름다움을 사랑했는지를
그러나 어떤 이는 그대의 무분별한 방랑벽을 사랑했고
그대 변한 얼굴의 슬픔까지 사랑했음을.

그리고 붉게 타는 난롯가의 방책 옆에서
몸을 굽히고 조금은 슬프게 중얼거려 볼 일이다.
홀로 높은 산 오르기를 얼마나 좋아하고
그의 얼굴을 별무리 속에 감췄다고 말이다.

현명한 사람, 행복한 사람이 되기 위하여

| 타키모리 켄테스 |

지키지 못할 약속은 하지 마라
부부도 원래 타인에 지나지 않는다.

타인의 장점은 한시라도 빨리 칭찬하라
현명한 사람은 누구에게나 배운다.

위기야말로 절호의 기회
나를 바꾸면 주위가 바뀐다.

베푼 은혜는 생각하지 말고
받은 은혜는 잊지 마라.

하등 인간은 혀를 사랑하고
중등 인간은 몸을 사랑하고
상등 인간은 마음을 사랑한다.

그날이 와도

| 하이네 |

그리운 사람이여
그대가 캄캄한 무덤 속에 누워 있다면
나도 무덤 속으로 내려가
그대 곁에 누울 것입니다.

그대에게 입 맞추고 껴안아도
아무 말 없는 싸늘한 그대
환희에 몸을 떨며 기쁨의 눈물을 적시면서
이 몸도 함께 주검이 될 것입니다.

한밤에 버려진 많은 주검들이
뽀얗게 무리지어 춤을 춘다.
우리 둘은 무덤 속에 남아
서로 껴안고 가만히 누워있을 것입니다.

고통 속으로 기쁨 속으로
심판의 날이 다가와 주검을 몰아간다 해도
우리는 아랑곳없이
서로 안고 무덤 속에 누워있을 것입니다.

희망은 날개를 가지고 있는 것

| 디킨슨 |

희망은 날개를 가지고 있는 것.
영혼 속에 머물면서
가사 없는 노래를 부르며
결코 멈추는 일은 없다.

광풍 속에서 더욱더 아름답게 들린다.
폭풍우도 괴로운 나머지
이 작은 새를 당황케 하여
많은 사람의 마음을 따뜻하게 했었는데.

얼어붙을 듯 추운 나라
멀리 떨어진 바다 근처에서 그 노래를 들었다.
그러나 어려움 속에 있으면서 한 번이라도
빵조각을 구걸하는 일은 하지 않았다.

오늘

| 칼리일 |

여기에 또다른
희망찬 새 날이 밝아온다.
그대는 이날을
헛되이 흘려보내려 하는가?

우리는 시간을 느끼지만
누구도 그 실체를 본 사람은 없다.
시간은 우리가 자칫
딴 짓을 하는 동안
순식간에 저 멀리 도망쳐 버린다.

오늘 또다른
새날이 밝아왔다.

설마 그대는 이날을
헛되이 흘려보내려 하는 것은 아니겠지?

오늘 만큼은

| 시빌 F. 패트리지 |

오늘 만큼은 아름답고 풍요롭게 살자.
남에게 상냥한 미소를 보내고
예의 바르게 행동하며,
아낌없이 남을 칭찬하는데 열중하자.

인생의 모든 문제는
한 번에 해결되지 않는다.
하루가 인생의 시작인 것 같은 각오로
준비하고 그 계획을 지키려 노력해 보자.

조급함과 망설임이라는
두 단어를 추방하도록 노력하고
나의 인생에 대해
올바른 판단을 할 수 있도록 노력해 보자.

십자로에서

| 호비 |

자네는 왼쪽으로, 나는 오른쪽으로
인생살이는 어차피 헤어져야 하는 것임을
그리고 이별은 하루, 아니면 하룻밤
또는 영원한 일일인지도 모른다.
그러나 우리가 만나고 또 헤어지면서
우리의 길은 알 수 없는 숙명 같은 것
하나의 마음에서, 맹세한 동지의 마음으로
우리들 모두 떠나는 길에서 건배하자
서로의 행운을 빌자
이제, 우리는 어디로 가는지 모르지 않는가.

인생에서 갈림길이 주어지는 트럼프 카드로
승자와 패자
그것은 우리의 선택에 의한 방법이 아니지만
운명을 정하는 카드에 달려 있다.
사랑에도 삶의 싸움에도 운이라는 것이 있다.
또한 정의로운 자나 악인이든 간에
마침내는 우리가 사랑하는 자와 함께 죽는다.
자, 건배다.
우리들이 멸망하지 않기 위해서!

내 나이 스물하고 하나였을 때

| 알프레드 E. 하우스먼 |

내 나이 스물하고도 하나였을 때,
어떤 현명한 사람이 내게 말했습니다.
"돈은 주어도 네 마음만은 주지 말라."
하지만, 내 나이 스물하고도 하나였으므로
전혀 소용 없는 말이었습니다.

내 나이 스물하고 하나였을 때,
어떤 현명한 사람이 내게 말했습니다.
"마음 속의 사랑은
결코 쉽게 주어지는 게 아니란다.
그것은 숱한 한숨과 끝없는 슬픔의 댓가이지."

지금 내 나이는 스물하고 둘
아, 그건 정말 삶의 진리입니다.

청 춘

| 사무엘 울만 |

청춘이란 인생의 한 시기가 아니라
어떤 마음가짐을 뜻합니다.
장밋빛 볼과 붉은 입술, 강인한 육체보다는
풍부한 상상력과 반짝이는 감수성과 의지력
그리고 인생의 깊은 샘에서 솟아나오는 참신함을 말합니다.

생활의 권태를 벗어나는 용기
안이함에의 집착을 초월하는 모험심
청춘이란 자신의 탁월한 정신력을 뜻합니다.
때로는 스무 살의 청년보다
예순 살의 노인이 더 청춘일 수 있습니다.

인간은 세월만으로 늙지 않고
이상을 잃어버릴 때 늙습니다.
세월의 얼굴에 주름을 만들지만
열정을 상실할 때 영혼은 주름지고
불필요한 근심과 불안은 정신까지 타락시킵니다.

그대가 젊어 있는 한 예순이건 열여섯이건
모든 인간의 가슴 속에는 경이로움에의 동경과
아이처럼 왕성한 미래에의 탐구심과
인생이라는 게임에 대한 즐거움이 있는 법.

그대가 기개를 잃고,
정신이 냉소주의의 눈과 비관주의의 얼음으로 덮일 때
그대는 스무 살이라도 노인입니다.
그러나 그대의 기개가 낙관주의의 파도를 잡고 있는 한
그대는 여든 살로도 청춘의 이름으로 죽을 수 있습니다.

젊음과 방황

| 헤르만 헤세 |

목표도 없이 방황하는 것은 청춘의 기쁨이다.
지금은 그 기쁨도 청춘과 함께 사라졌다.
그 후부터 목표와 의지를 느끼면
나는 그 자리에서 떠나버렸다.

목표만을 쫓는 눈은
방황의 참뜻을 맛볼 수 없다.
가는 길마다 기다리고 있는 숲이나
강이나 화려한 것들이 가리워져 있을 뿐이다.

이제는 나도 방황을 더 배워야겠다.
순간의 티 없는 반짝임이
동경의 별 앞에서 빛을 잃지 않도록

방황의 비결은 다른 사람들과
함께 어울릴 때나 휴식할 때도
사랑은 먼 길 위에 있다는 사실이다.

잃어버린 청춘

| 롱펠로 |

가끔 바닷가의 아름다운 작은 마을을 떠올린다.
그 그리운 길거리가 내 추억 속을 더듬으면
비로소 내 청춘은 다시 돌아오는 것이다.
마을 사람들의 옛 노래 가사가
내 기억 속에서 불리어진다.
"소년의 마음은 바람처럼 자유롭지만
젊은이는 언제나 한 가지만 생각한다."

바닷 마을 나무들의 어렴풋한 선들이 보이고
돌연한 섬광 속에
저 멀리까지 에워싼 바다의 푸른 광선과
내 어린날의 꿈의 낙원이었던
작은 섬들이 추억이 되어 시야에 들어온다.
그럴 때면 옛 노래의 가사가
아직도 내 기억 속에서 불리어진다.
"소년의 마음은 바람처럼 자유롭지만
젊은이는 언제나 한 가지만 생각한다."

나는 이런 사람

| 자크 프레베르 |

나는 이런 사람으로
이렇게 태어났지.
웃고 싶으면
큰 소리로 웃고
날 사랑하는 이를 사랑하지.

내가 사랑하는 사람이
매번 다르다 해도
그게 어디 내 탓인가.

나는 이런 사람으로
이렇게 태어났지.
하지만, 넌 더 이상 무엇을 바라나
이런 내게서.

나는 하고 싶은 걸 하도록 태어났지.
바뀔 건 단 하나도 없지.

아무리 그렇다 해도
나는 이런 사람
난 내 마음에 드는 사람이 좋은 걸
네가 그걸 어쩌겠나.

그래 난 누군가를 사랑했지.
누군가가 날 사랑했었지.
어린 아이들이 서로 사랑하듯이
오직 사랑밖에는 할 줄 모르듯이
서로 사랑하고 사랑하듯이.

왜 내게 묻는 거지?
난 너를 즐겁게 하려고 이렇게 있고
바뀐 건 아무 것도 없는데.

사람에게 묻는다

| 휴틴 |

땅에게 묻는다.
땅은 땅과 어떻게 사는가?
땅이 대답한다.
"우리는 서로 존경하지."

물에게 묻는다.
물과 물은 어떻게 사는가?
물이 대답한다.
"우리는 서로 채워 주지."

사람에게 묻는다.
사람은 사람과 어떻게 사는가?
사람은 사람과 어떻게 사는가?
스스로 한 번 대답해 보라.

나는 미친 듯 살고 싶다

| 블로끄 |

대지 위의 모든 것은 죽어 갈 것입니다.
어머니도, 젊음도
아내는 변하고, 친구는 떠나 갈 것입니다.
그러나 그대는 다른 달콤함을 배워야 합니다.
차가운 북극을 응시하면서.

그대의 돛배를 가져 와
멀리 떨어진 북극을 항해할 것입니다.
얼음으로 된 벽들 속에서
그리고 조용히 잊을 것입니다.
그곳에서 사랑하고 파멸하고 싸웠던 일들
정열로 가득 찼던 옛 고향을 잊을 것입니다.

타는 가슴을 달랠 수 있다면

| 디킨슨 |

애타는 가슴을 달랠 수 있다면
내 삶은 결코 헛되지 않았을 것입니다.

한 생명의 아픔을 덜어줄 수 있거나
괴로움 하나 달래 줄 수 있다면.
헐떡이는 작은 새 한 마리를 도와
둥지에 다시 넣어줄 수 있다면
내 삶은 결코 헛되지 않았을 것입니다.

지금 알고 있는 걸 그때도 알았더라면

| 킴버리 커버거 |

지금 알고 있는 걸 그때도 알았더라면
내 가슴이 말하는 것에 더 자주
귀 기울였으리라.

더 즐겁게 살고, 덜 고민했으리라
금방 학교를 졸업하고 머지않아
직업을 가져야 한다는 걸 깨달았으리라.

아니, 그런 것들은 잊어버렸으리라
다른 사람들이 나에 대해 말하는 것에는
신경 쓰지 않았으리라.

그 대신 내가 가진 생명력과 단단한 피부를
더 가치있게 여겼으리라
더 많이 놀고, 덜 초조했으리라.

진정한 아름다움은 자신의 인생을
사랑하는 데 있음을 기억했으리라.

부모가 날 얼마나 사랑하는가를 알고
또한 그들이 내게 최선을 다하고 있음을 믿었으리라.

사랑에 더 열중하고
그 결말에 대해선 덜 걱정했으리라.

설령, 그것이 실패로 끝난다 해도
더 좋은 어떤 것이 기다리고 있음을 믿었으리라.

아, 나는 어린아이처럼 행동하는 걸
두려워하지 않았으리라
더 많은 용기를 가졌으리라.

모든 사람에게서 좋은 면을 발견하고
그것들을 그들과 함께 나눴으리라.

지금 알고 있는 걸 그때도 알았더라면
나는 분명코 춤추는 법을 배웠으리라
내 육체를 있는 그대로 좋아했으리라.

내가 만나는 사람을 신뢰하고
나 역시 누군가에게 신뢰할 만한
사람이 되었으리라.

입맞춤을 즐겼으리라
정말로 자주 입을 맞췄으리라.

분명코 더 감사하고
더 많이 행복해 했으리라
지금 내가 알고 있는 걸 그때도 알았더라면.

혼 자

| 헤르만 헤세 |

세상에는
크고 작은 길이 너무나 많다.
그러나
도착지는 모두 다 같다.

말을 타고 갈 수도 있고, 차로 갈 수도 있고
둘이서 아니면, 셋이서 갈 수도 있다.
그러나 마지막 한 걸음은
혼자서 가야 한다.

그러므로 아무리 어려운 일이라도
혼자서 하는 것보다
더 나은 지혜나
능력은 없다.

힘과 용기

| 데이비드 그리피스 |

인생에서 강해지기 위해서는 힘이
삶에서 부드러워지기 위해서는 용기가 필요하다.

자신의 인생을 방어하기 위해서는 힘이
삶의 방어 자세를 버리기 위해서는 용기가
인생에 대한 확신을 갖기 위해서는 힘이
삶에 의문을 갖기 위해서는 용기가 필요하다.

타인의 인생과 조화를 이루기 위해서는 힘이
타인의 삶에 따르지 않기 위해서는 용기가
다른 사람의 고통을 느끼기 위해서는 힘이
자신의 고통과 마주하기 위해서는 용기가 필요하다.

자신의 감정을 숨기기 위해서는 힘이
그것을 표현하기 위해서는 용기가
학대를 위해서는 힘이
그것을 중단시키기 위해서는 용기가 필요하다.

홀로서기를 위해서는 힘이
누군가에게 기대기 위해서는 용기가
사랑하기 위해서는 힘이
사랑받기 위해서는 용기가 필요하다.

생존하기 위해서는 힘이
삶을 살아가기 위해서는 용기가 필요하다.

내가 찾던 것이 내 안에 있었네

| 수잔 폴리스 슈프 |

모두들 행복을 찾는다고
온 세상을 헤매고 있습니다.

하지만 새로운 도전이란
잠시 혼란스럽고 불행하기 마련
마침내 지친 그들은
자기 자신에게로 돌아오는 수고로움을
알지 못합니다.

내가 찾던 것이 있었습니다.
그것은 바로 내 안에 있었습니다.
행복이란
참다운 나를
사랑하는 이와 나눌 줄 아는 것입니다.

세상에 어떤 일이 일어난대도

| 파슨즈 |

어떤 구름이 당신을 가리워도
난 쫓아버리고야 말겠습니다.
그리고 당신, 당신께 알리겠어요.
내가 이 세상을 사는 동안
어떤 일이 생겨난대도
우리가 함께 살아가며
사랑하는 일보다
더 중요한 것은 없다는 것을
오늘, 그리고 내일, 아니 날이면 날마다
사랑할 때가 온다면
언제나 햇빛이 비칠 오직 한 사람
그건 당신, 당신입니다.
언제나 함께 있고 싶은 사람이
생기게 된다면
당신도 알테죠.
그건 당신, 당신뿐이라고.

무엇이 소중한가

| 파스테르나크 |

유명해 진다는 것은 추한 노릇이다
그것은 인간을 고귀하게 하지 않는다
문서로 작성해 둘 필요는 없고
초고(草稿)인 채 아쉬워 함이 좋다.

창조의 목적은 헌신에 있나니
명성도 아니요 성공도 아니다
모르는 채 쉽사리 모든 사람의 입에
오르내리게 되는 것은 부끄러운 일이다.

그렇다, 거짓된 명성에 살아서는 안된다
단순하게 이렇게 살아야 한다
우주의 사랑을 자기에게 끌어당기고
미래의 외침 소리에 귀를 기울여야 한다.

다른 사람들은 살아온 발자취를 따라서
한 걸음 한 걸음 그대의 길을 올 것이다
하지만 패배와 승리를
네 자신이 구별 해서는 안 된다

가장 빛나는 것은

| 브라우닝 |

꿀벌 자루 속에 일 년 동안 모은 향기와 꽃무더기
보석 한복판에서 빛나는 광선의 경이로움
진주알 속에 감추어 있는 바다의 빛과 그늘
향기와 꽃, 빛과 그늘, 경이로움과 풍요로움.

그리고 이것들보다 훨씬 더 높은 것은
보석보다도 더 빛나는 진리
진주보다도 더 순순한 믿음
우주 안에서 가장 빛나는 진리
그것은 한 소녀의 입맞춤이었네.

진 실

| 벤 존슨 |

진실은 그 자신을 시험하는 것이며
그 외의 다른 것으로는 설명할 수 없습니다.
가장 순수한 금보다 더 순수한 것이며
이보다 아름다운 것은 없습니다.

그것은 사랑의 빛이며, 삶 자체입니다.
진실은 영원히 빛나는 태양이며
어디에서도 찾아볼 수 없는 은총의 영혼이며
믿음과 사랑입니다.

진실은 약속의 보증인이며
아름다운 향기를 뿜어내고
모든 거짓말을 발밑에 짓밟는
믿음의 힘을 가지고 있습니다.

작은 것

| 카니 |

작은 물방울
작은 모래알
그것이 시작되어 바다가 되고
아름다운 나라가 된다.

작은 시작의 움직임
비록 하찮을지라도
마침내 영원이라고 하는
위대한 시대가 된다.

작은 친절
조그마한 사랑의 말
그것이 지상을 에덴이 되게 하고
천국과 같은 세상을 만든다.

잃고 얻는 것

| 롱펠로우 |

잃는 것과 얻는 것
놓친 것과 이룬 것을
서로 저울질해 보니
남은 것과 자랑할 것이 별로 없다.

많은 날들을 헛되이 보내고
화살처럼 날려보낸 희망에
못 미치거나 빗나갔음을 깨닫는다.

하지만 누가
이처럼 손실과 이익을 따지겠는가.
실패가 알고 보면 승리일지 모르고
달도 기울면 다시 차 오르지 않는가.

살아남아 고뇌하는 이를 위하여

| 칼릴 지브란 |

술이야 언젠들 못 마시겠나.
취하지 않았다고 못 견딜 것도 없는데
술로 무너지려는 건 무슨 까닭인가.
미소 뒤에 감추어진 조소를 보았나
가난할 수밖에 없는 분노 때문인가.
그러나 설혹 그대가 아무리 부유해져도
하루에 세 번의 식사만 허용될 뿐이네.
술인들 안 그런가
가난한 시인과 마시든, 부자이든
야누스 같은 정치인이든 취하긴 마찬가지인데
살아남은 사람들은 술에서조차 계급을 만들지.

세상살이를 누구에게 탓하지 말게
바람처럼 허허롭게 가게나.
그대가 삶의 깊이를 말하려 하면
누가 인생을 아는 척하려 하면, 나는 그저 웃는다네.
사람들은 누구나 비슷한 방법으로 살아가고
살아남은 사람들의 죄나 선행은 물론
밤마다 바꾸어 꾸는 꿈조차 누구나 비슷하다는 걸
바람도 이미 잘 알고 있다네.

때때로 임종을 연습해 두게.
언제든 떠날 수 있어야 해.
돌아오지 않을 길을 떠나고 나면
슬픈 기색으로 보이던 이웃도 이내 평온을 찾는다네.
떠나고 나면 그뿐. 그림자만 남는 빈 자리엔
타다 남은 불티들이 내리고,
그대가 남긴 작은 공간마저도
누군가가 채워 줄 것이네.

먼지 속에 흩날릴 몇 장의 사진
읽혀지지 않던 몇 줄의 시(詩)가
누군가의 가슴에 살아남은들 떠난 자에게 무슨 의미가 있나.
그대 무엇을 잡고 연연하는가
무엇 때문에 서러워하는가
그저 하늘이나 보게.

어느 때 인가는

| 몸베르트 |

어느 때인가는 쉬지 않고 굴러가는 마차도 선다
어느 때인가는 나라도 끝이 오고 만다
어느 때인가는 마음도 이별의 말을 한다.

어느 때인가는 마지막 바다도 갈라진다
어느 때인가는 크나큰 슬픔이 시작된다
어느 때인가는 흐느낌에 울음도 막혀버린다.

그 때면 내실의 불빛들이 가물 거린다
그 때면 거룩한 모습이 감동을 준다
그 때면 어스름이 시작을 휩쓸고 만다.

오 소년이여
그때 나는 백발이요. 그때 나는 늙는다
그런데 내게는 젊음이 끝내 돌아왔다.

타인의 아름다움을 말해 주십시오.

| 메리 헤스켈 |

타인에게서 가장 좋은 점을 찾아내어
그에게 말해 주십시오.
우리들은 누구에게나 그것이 필요합니다.
우리는 타인의 칭찬 속에 자라왔습니다.
그리고 그것이 우리를 더욱 겸손하게 만들었습니다.

사람은 누구나 근본적으로 위대하고 훌륭합니다.
아무리 누구를 칭찬한다고 해도 지나침은 없습니다.
타인 속에 있는 위대함과 아름다움을
발견하는 눈을 기르십시오.

그리고 아름다움을 찾아내는 대로
그에게 말해 줄 수 있는 힘을 기르십시오.

가슴으로 느낄 수 있을 때

| 헬렌 켈러 |

태양을 바라보고 살아라.
그대의 그림자를 못 보리라.

고개를 숙이지 말라.
언제나 머리를 높이 두라.
세상을 똑바로 쳐다보라.

나는 눈과 귀와 혀를 빼앗겼지만
내 영혼을 잃지 않았기에
그 모든 것을 가진 것이나 다름없다.

고통을 느껴보지 못한 사람은 진정한 쾌락을 알 수 없다.
그대가 정말 불행할 때
세상에서 그대가 해야 할 일이 있다는 것을 믿어라.
그대가 다른 사람의 고통을 덜어줄 수 있는 한
삶은 헛되지 않으리라.

세상에서 가장 아름답고 소중한 것은
보이거나 만져지지 않는다.
단지 가슴으로만 느낄 수 있다.

당신은 어느 쪽인가요?

| 멜러 휠러 윌콕스 |

세상엔 두 부류의 사람들이 있지요
부자와 가난한 자는 아니에요
한 사람의 재산을 평가하려면
그의 양심과 건강 상태를 먼저 알아야 하니까요.

겸손한 사람과 거만한 사람도 아니에요
짧은 인생에서 잘난 척하며 사는 이는
사람이라고 할 수 없잖아요.
행복한 사람과 불행한 사람도 아니지요
유수 같은 세월, 누구나 웃을 때도
눈물을 흘릴 때도 있으니까요.

내가 말하는 두 부류의 사람이란
짐을 들어주는 자와 비스듬히 기대는 자입니다.
당신은 어느쪽인가요? 무거운 짐을 지고
힘겹게 가는 이의 짐을 들어주는 사람인가요?
아니면 나에게 당신 몫의 짐을 지우고
걱정 근심 끼치는 기대는 사람인가요?

느낌

| 랭보 |

여름의 푸른 저녁이면
나는 오솔길로 갈 거예요.
발을 찌르는 잔풀을 밟으며
나는 꿈꾸는 사람이 되어 발바닥으로 신선한
그 푸름을 느낄 거예요.
바람이 내 머리를 흐트러뜨리도록
내버려 둘 거예요.

나는 말하지 않을래요.
아무 생각도 하지 않을래요.
그저 내 영혼 속으로 끝없는 사랑이
솟아오를 거예요.
그리고 나는 아주 멀리 떠날 거예요.
마치 보헤미안처럼
자연을 따라
마치 어느 여인과 함께 하듯이
마냥 행복할 거예요.

경쾌한 노래

| 엘뤼아르 |

나는 앞을 바라보았고
군중 속에서 그대를 보았습니다.

밀밭 사이에서 그대를 보았고
나무 밑에서 그대를 보았습니다.

내 모든 여정의 끝에서
내 모든 고통의 밑바닥에서

물과 불에서 나와
내 모든 웃음소리가 굽이치는 곳에서

여름과 겨울에 그대를 보았고
내 집에서 그대를 보았습니다.

내 두 팔 사이에서 그대를 보았고
내 꿈속에서 그대를 보았습니다.

꿈을 잊지 마세요

| 울바시 쿠마리싱 |

어둡고 구름이 낀 것 같던 날은 잊어버리고
태양이 환하게 빛나던 날을 기억하세요.
실패했던 날은 잊어버리고
승리했던 날만을 기억하세요.

지금 번복할 수 없는 실수는 잊어버리고
그것을 통해 교훈을 기억하세요.
어쩌다 마주친 불행은 잊어버리고
우연히 찾아온 행운만을 기억하세요.

외로웠던 날은 잊어버리고
친절한 미소를 기억하세요.
이루지 못한 목표는 잊어버리고
항상 꿈을 지녀야 한다는
사실을 기억하세요.

야상곡(夜想曲)

| 히메네스 |

땅 위의 길은 땅 위에 있지만
바다여, 그대의 길은
하늘 위에 있다.

금과 은으로 아로새긴
별들이 길을
가르쳐 주고 있다.

땅은
육체가 가는 길
바다는
영혼이 가는길.

영혼은 바다에
고독을 끌어 들이는 나그네
육체는 영원과 이별하고
바닷가에 홀로
컴컴하고 싸늘하게 누워있다.
주검처럼
흡사하구나,
바다에로의 떠남과
죽음과
영원한 생명은

비너스

| 광양말 |

그대의 사랑스런 입술은
한 개의 술잔을 본뜬 듯 하다.
마시고 마셔도 끊이지 않는 향기로운 포도주
내 그 속에 깊숙이 빠져 취할 수만 있다면.

그대의 부드러운 젖가슴은
한 쌍의 무덤인 듯 하다.
우리 함께 그 무덤 속에 잠들면
뜨거운 피는 향기로운 이슬로 변하리라.

바 람

| 보리스 파스테르나크 |

나는 죽었지만, 그대는 여전히 살아 있다.
하소연하며 울부짖으며
바람은 숲과 오두막집을 뒤흔든다.
아주 끝없이 먼 곳까지
소나무 한 그루 한 그루씩이 아닌
모든 나무를 한꺼번에
마치 어느 배 닿는 포구의
겨울 같은 수면 위에 떠 있는
돛단배의 선체를 뒤흔들듯.
따라서 이 바람은 허세나
무의미한 분노에서 연유된 것이 아닌
당신을 위한 자장가와 노랫말을
이 슬픔 속에서 찾기 위함이다.

술 노래

| 예이츠 |

술은 입으로 들고
사랑은 눈으로 든다.
우리가 늙어서 죽기 전에
알아야 할 진실은 그것뿐.
나는 내 입으로 잔을 가져 가며
그대를 바라보며 한숨 짓는다.

깨어진 거울

| 자크 프레베르 |

내 머리 속에서 춤추던 작은 남자가
청춘의 작은 남자가
그의 구두끈을 끊어 버렸다.

갑자기 축제의 무대가
모조리 무너져 내리고
축제의 침묵 속에서
축제의 황폐 속에서
나는 네 행복한 목소리를 들었다.

찢어지고 꺼져 버릴 듯한 네 목소리를
멀리서 다가와 날 부르는 네 목소리를
내 너의 가슴 위에 손을 얹으니

피처럼 붉게 흔들리는 것은
별빛처럼 반짝이는 네 웃음의 일곱 조각난 얼굴이다.

꽃무늬 접시

| 나와사키 준사부로 |

노란 제비꽃이 필 무렵의 옛날
돌고래는 하늘에도 바다에도 머리를 쳐들고
뾰족한 뱃전에 꽃이 치장되고
디오니소스는 꿈꾸며 항해한다.
꽃무늬 있는 접시물로 얼굴을 씻고
보석 상인들과 함께 지중해를 건넌
그 소년의 이름은 잊혀졌다.
영롱한 망각의 아침에.

대장의 접시

| 체 게바라 |

식량이 부족해 배가 고플수록
분배에 더욱 세심해야 한다.
오늘
얼마 전에 들어 온 취사병이
모든 대원들의 접시에
삶은 고깃덩어리 두 점과
감자 세 개씩을 담아 주었다.
그런데
내 접시에는 고맙게도
하나씩을 더 얹어주는 것이었다.
나는 즉시
취사병의 무기를 빼앗은 다음
캠프 밖으로 추방시켜 버렸다.

그는
단 한 사람의 호감을 얻기 위해
많은 사람들의 평등을 모독했으므로.

선 물

| 기욤 아폴리네르 |

만일 당신이 원하신다면
난 당신께 드리겠어요.
아침을, 나의 밝은 이 아침을.
그리고 당신이 좋아하는
나의 빛나는 머리카락과
아름다운 나의 푸른 눈을.

만일 당신이 원하신다면
난 당신께 드리겠어요.
따사로운 햇살 비추는 곳에서
눈뜨는 아침에 들려오는 모든 소리를
근처 분수 속에서 치솟아 흐르는
감미로운 맑은 물소리를.

이윽고 찾아들 석양을
나의 쓸쓸한 마음의 눈물인 저 석양을
또한 조그마한 나의 여린 손과
그리고 당신의 마음 가까이
놔두지 않으면 안 될
나의 마음을.

열등생

| 자크 프레베르 |

그는 머리로는 '아니오'라고 말한다
그는 마음으로는 '그래요'라고 말한다
그가 좋아하는 사람에겐 '그래요'라고 말한다
선생님에게는 '아니오'라고 말한다
그가 서 있다.
선생님이 그에게 묻는다
온갖 질문이 그에게 쏟아진다
갑자기 그가 미친 듯이 웃는다
그리고 그는 모든 걸 지운다.
숫자와 말과
날짜와 이름과
문장과 함정을
갖가지 색깔의 분필로
불행의 칠판에다
행복의 얼굴을 그린다.
선생님의 꾸중에도 아랑곳없이
우등생들의 야유도 못 들은 척하고.

내 자유를 지키고 싶다

| 플라텐 |

내 자유를 지키고 싶다,
세상 사람들로부터 몸을 숨기고
고요한 흐름을 타고 떠나고 싶다
그림자 짙은 구름 휘장에 쌓여서.

나비 떼가 팔랑팔랑 춤추고 있는 곳에서
이 지상의 괴로움으로부터 벗어나고 싶다
순수한 자연 요소에 젖어들어
죄로 더럽혀진 사람들을 피하고 싶다.

그렇지만 때로는 기슭 가까이 가고 싶다
기슭에 가도 나는 배에서 내리지 않으련다
장미 송이를 꺾은 뒤에
다시금 물의 궤도를 가리라.

저 멀리 양떼가 풀을 뜯고 있다
꽃들이 아름답게 피어 있다
여인들이 포도 송이를 따고 있다
사나이들이 젖은 풀을 베고 있다,

영원히 순수한 모습을 지닌
빛의 밝음 이외의 것은 맛보지 않으리
피를 거세게 뛰게 만드는
신선한 파도의 물 이외는 맛보지 않으리.

끝까지 해 보라

| 에드거 A. 게스트 |

네게 어려운 일이 생기면
마주 보고 당당하게 맞서라.
실패할 수 있지만, 승리할 수도 있다.
한 번 끝까지 해 보라.

네가 근심거리로 가득 차 있을 때
희망조차 소용없게 보일지도 모른다.
하나 지금 네가 겪고 있는 일들은
다른 이들도 모두 겪은 일일 뿐임을 기억하라.

실패한다면, 넘어지면서도 싸워라
무슨 일을 해도 포기하지 말라
마지막까지 눈을 똑바로 뜨고 머리를 쳐들고
한 번 끝까지 해 보라.

포기하지 말아요

| 클린턴 하웰 |

때때로 그렇듯 일이 잘못될 때
앞에 언덕길만 계속되는것 같을 때
주머니 사정이 나쁘고 빚이 불어날 때
웃고 싶지만 한숨만 나올 때
근심이 마음을 짓누를 때
쉬어야겠다면 쉬세요
하지만 포기하지는 말아요.

때때로 그렇듯 인생이 풍파로 얼룩질 때
실패에 실패만 이어질 때
잘 하면 될 수도 있었을 텐데, 그러지 못했을 때
걸음을 늦추더라도 포기하지는 말아요.
한 번만 더 해보면 성공할지 모르니까요.

힘들어 머뭇거려진다면 기억하세요
목표가 보기보다 가까이 있는 때도 많다는 것을
승자가 될 수 있었는데
노력하다 포기하는 경우도 많지요.

금관이 바로 저기 있었다는 것을
너무 늦게 끼달았죠.
이미 슬그머니 밤이 온 후에야.

성공은 실패를 뒤집어 놓은 것
당신은 성공에 가까이 다가왔지요
멀리 있는 듯 보이지만 성공은 가까이 있을지 몰라요.
그러니 너무 힘들 때도 끈질기게 싸워요
최악으로 보이는 상황이야말로
포기하면 안 되는 때니까요.

잡 시 (雜詩)

| 도연명 |

옛날부터 어른 말씀을 들으면
귀를 막고 늘 못마땅했지.
어찌하여 쉰 살이 되어서도
내가 그 짓을 하고 있는가.
내 젊은 날의 기쁨을 찾으려 해도
한 점도 그 마음은 생기지 않네.
가고가고 또 옮겨 가 멀어지는데
이 삶을 어떻게 다시 만나리.
가산을 기울여 즐거움 누리며
끝내 치달리는 세월을 따라 가리라.
자손을 위해 금은 남겨 두지 않을 터
어찌 사후의 일에 마음 쓰리오.

사 막

| 오르텅스 블루 |

사막에서 그는
너무도 외로워
때로는 뒷걸음질로 걸었다.
자기 앞에 찍힌 발자국을 보려고.

내가 늙었을 때

| 드류 레더 |

내가 늙었을 때 낡은 넥타이는 던져 버릴 거야.
양복도 벗어 던져 버려야지.
아침 여섯 시에 맞춰 놓은 시계도 꺼버리고
아첨할 일도, 먹여 살릴 가족도, 화 낼 일도 없을 거야.

더 이상 그런 일은 없을 거야.
내가 늙었을 때 난 들판으로 나가야지.
어디로 가는지도 모르면서 여기저기 돌아다닐 거야.
물가의 강아지풀도 건드려 보고
납작한 돌로 물수제비도 떠 봐야지.
소금쟁이들을 놀래키면서 말이야.

해질 무렵에는 서쪽으로 가야겠지.
노을이 내 딱딱해진 가슴을
수천 개의 반짝이는 조각들로 만드는 걸 느끼면서
넘어지기도 하고
제비꽃들과 함께 웃기도 할 거야.
그리고 귀 기울여 듣는 산들에게
노래를 들려 줄 거야.

하지만, 지금부터 조금씩 연습해야 할지도 몰라
나를 아는 사람들이 놀라지 않도록
내가 늙어서 넥타이를 벗어 던졌을 때 말이야.

언덕 위로 뻗은 길

| 로제티 |

언덕 위로 뻗은 길이 내내 구불구불 하나요?
그럼요, 끝까지 그래요.

오늘 여행은 하루 종일 걸릴까요?
이른 아침에 떠나 밤까지 가야 해요, 내 친구여.

그럼 밤에 쉴 곳은 있을까요?
서서히 저물 무렵이 되면 집 한 채가 있지요.

날이 어두워지면 보이지 않을 수도 있겠군요?
그 집은 틀림없이 찾을 수 있어요.

밤에는 다른 길손들을 만나게 될까요?
먼저 간 사람들을 만나겠지요.

오래 문을 두드려야 하나요?
보이면 불러야 하나요?
당신을 문 앞에 세워 두지는 않을 겁니다.

여행은 너무나 고달프고 힘이 들어요.
평안을 얻게 될까요?
힘 들인 대가를 얻게 되겠지요.

나와 여행에 지친 이들 모두에게
잠자리가 있을까요?
그럼요, 누가 찾아오든지 잠자리는 있어요.

높은 산 속의 저녁

| 헤르만 헤세 |

행복한 하루였습니다.
알프스가 붉게 타고 있습니다.
이 빛나는 광경을 지금,
당신에게 보이고 싶습니다.
말없이 당신과 함께 이 덧없는 기쁨 앞에
가만히 서 있고 싶습니다.
그런데 왜 당신은 돌아가셨습니까.

골짜기에서 엄숙하게
이마에 구름이 가린 밤이 솟아올라
서서히 절벽과 목장과
묵은 흰눈의 빛을 지워갑니다.
나는 그것을 보고 있습니다.
하지만, 당신 없이는 아무것도 필요 없습니다.

별 하나

| 휴스 |

나는 당신의 커다란 별이 좋았습니다.
당신의 이름을 몰라 나직이 부를 수 없었지만
달 밝은 밤
온 하늘에 깔린 달빛 속에서도
당신은 찬란히 빛났습니다.
오늘밤 휘몰아치는 비바람 속에서
온 하늘을 찾아보아도
바늘만한 흐린 빛조차 찾을 수 없어
머리 숙여 돌아오는 길
버드나무 꼭대기에 걸린
빛나는 당신을 보았습니다.

맑고 향기롭게

| 숫타니파타 |

눈을 조심하여 남의 잘못을 보지 말고
맑고 아름다운 것만을 보라.
입을 조심하여 해서는 안 될 말을 하지 말고
착한 말 바른 말만 하라.

나쁜 친구를 사귀지 말고
어질고 착한 이를 가까이 하라.
지혜로운 이를 따르고
남을 너그럽게 용서하라.

찾아오는 것을 막지 말고
가는 것을 잡지 말라.
남을 해치면 그것이 자기에게로 돌아오고
세력에 의지하면 도리어 화가 따르는 법이다.

눈물 속에 피는 꽃

| J. 도래 |

나는 믿어요.
지금 흘러내리는 눈물방울마다
새로운 꽃이 피어나리라는 것을
그리고 그 꽃잎 위에
나비가 찾아올 것이라는 것을.

나는 믿어요.
영원 속에서 나를 생각해주고
나를 잊지 않을 그 누군가가
있다는 것을.

그래요.
언젠가 나는 찾을 거예요
내 일생 동안 혼자는 아닐 거예요.

나무 중에 가장 사랑스런 벚나무

| 아르레드 E. 하우스먼 |

나무 중에서 가장 사랑스런 벚나무는
가지마다 만발한 꽃을 드리우고
부활절을 맞아 흰 옷 입고
숲 속 길이 화창하다.

이제, 내가 보낸 칠십 평생 중에
스물은 다시 돌아올 길 없으니.
일흔의 봄에서 스물을 빼면
내게 남는 것은 오직 쉰뿐.

그리고 활짝 핀 꽃을 보기엔
쉰의 봄은 너무 짧다.
수풀가로 나는 가야 한다.
눈꽃 송이를 피운 벚꽃을 보기 위해.

귀뚜라미 울고

| 디킨슨 |

해는 지고
귀뚜라미가 운다.
일꾼들은 한 바늘씩
하루 위에 실마리를 맺었다.

낮은 풀에는 이슬이 맺히고
황혼의 나그네가
모자를 정중히 한쪽 손에 들고서
자고 가려는지 걸음을 멈췄다.

끝없는 어둠이 이웃 사람처럼 다가왔다
얼굴도 이름도 없는 지혜가 오고
동·서반구에 그림 같은 평화가 오고
그리고 밤이 되었다.

음악은

| 쉘리 |

음악은 부드러운 음율이 끝날 때
우리의 추억 속에 여운을 남기고
향기로운 오랑캐꽃이 시들 때
깨우쳐진 느낌 속에 남아 있으니

장미꽃 잎사귀는 장미가 죽었을 때
사랑하는 사람의 침상에 쌓이듯이
그대 가고 내 곁에 없는 날
그대 그런 마음에 사랑이 잠든다.

무엇이 무거울까?

| 로제티 |

무엇이 무거울까?
바닷가 모래와 슬픔 중에

무엇이 짧을까?
오늘과 내일 중에

무엇이 약할까?
봄꽃과 청춘 중에

무엇이 깊을까?
바다와 진리 중에

기다림이라는 것은

| 디킨슨 |

길다.
한 시간의 기다림은.
만일 사랑을 기다리고 있는 것이라면.

짧다.
영원한 기다림은.
만일 사랑이 종말을 향해 가고 있는 것이라면.

감미롭고 조용한 사념 속에

| 셰익스피어 |

감미롭고 조용한 사념 속에
지난 일들을 돌이켜 볼 때
잃어버린 많은 것들을 한탄하며
귀중한 시간의 손실을 슬퍼한다.
그러면 메말랐던 나의 눈은 또다시 젖는다.
죽음의 기한이 없는 밤으로 가려진 귀한 벗들을 위해
또한 오래 전에 잊혀진 사랑의 슬픔으로 울게 되고
기억 속에 살아있는 모습들로 가슴 앓는다.
그러면 옛 슬픔이 다시 되살아나서
아파했던 슬픈 사연을
무거운 마음으로 하나하나 따져 본다.
마치 처음으로 그러는 듯
그러나 벗이여, 그대를 생각하면
모든 손실은 없어지고 슬픔도 사라진다.

나는 낯선 사람들 사이를

| 워즈워드 |

나는 낯선 사람들 사이를 여행하였다
바다 건너 나라들로
영국이여! 그 때가지 나는 몰랐다
내가 너를 얼마나 사랑하였는가를.

그것은 끝났다. 그 우울한 꿈은
나는 너의 해안(海岸)을 떠나지 않으련다,
두 번 다시. 이제서야 나는
너를 더욱 사랑하는 듯 생각 되어진다.

네 산과 산 사이에서 나는
내가 바라던 대로 기쁨을 맛 보았었고,
나의 귀여운 그녀는
물레바퀴를 돌렸다. 영국의 화롯가에서.

네 아침에는 나타나고, 네 밤에는 가리워졌다.
그녀가 놀던 정자는
그리고 그녀가 보고 간
마지막 푸른 들판도 너의 것이었다.

출발

| 아뽈리네르 |

그들의 얼굴은 창백했다
그들이 울음은 깨졌다
순수한 꽃잎의 눈처럼
내 키스 위의 너의 손처럼
가을 잎들이 떨어져 버렸다.

성실

| 폴 엘뤼아르 |

피와 눈물의 땅으로 가는
멀고 험한 길이 시작되는
조용한 마을에 살고 있는
우리는 순수하다.

밤들은 훈훈하고 고즈넉하고
사랑하는 여인들을 위해 우리는 간직한다
이 값지고 귀한 성실을
그 중에서도 사는 희망을.

엽서

| 아뽈리네르 |

천막 속에서 너에게 이 글을 적는다
여름날은 이미 저물고
아스라한 하늘 속에
황홀한 개화(開花)
작렬하는 포격이
피기도 전에 시든다

잊어버리세요

| 사라 티즈테일 |

잊어버리세요, 꽃을 잊듯이
잊어버리세요, 한때 세차게 타오르던 불처럼
영원히, 영원히 잊어버리세요.

시간은 친절한 벗
우리는 세월을 따라 늙어가는 것
만일 누군가 묻거들랑 대답하세요.
그건 벌써 오래 전 일이라고
꽃처럼 불처럼 아주 먼 옛날
눈 속으로 사라진 발자국처럼 잊었노라고.

참나무처럼

| A. 테니슨 |

인생을 살되
젊거나 늙거나
저 참나무같이
봄엔 찬란히 황금빛으로

여름엔 무성하지만
가을이 찾아오면
가을답게 변하여
은근한 빛을 가진
황금빛으로 다시

마침내 나뭇잎이
다 떨어진 그때
보라, 우뚝 선
줄기와 가지
적나라한 그 힘.

황 혼

| 빅토르 위고 |

황혼이다.
나는 처마 밑에 앉아 마지막 노동에 빛나는
하루의 끝을 바라본다.

밤에 비 뿌린 대지에
누더기 옷을 입은 초라한 노인이
미래에 수확할 것들을 밭이랑에 뿌리는 모습을
바라보고 있다.

노인의 그늘진 그림자가
저 먼 들판까지 차지하고 있다.
그가 얼마나 시간의 소중함을 절감하고 있는지
비로소 나는 알 것도 같다.

나는 고뇌의 표정이 좋다

| 디킨슨 |

나는 고뇌의 표정이 좋아
그것이 진실임을 알기에

사람은 경련을 피하거나
고통을 흉내낼 수 없다.

눈빛이 일단 흐려지면 그것은 죽음이다.
꾸밈 없는 고뇌가
이마 위에 구슬 땀을
꿰는 척할 수는 없는 법이다.

부드러운 그분

| 릴케 |

나뭇잎이 떨어진다.
멀리서 떨어져 온다.
마치 먼 하늘의 정원이 시들고 있는 것처럼
거부의 몸짓으로 떨어지고 있다.

밤이 되면 이 무거운 지구는
모든 별로부터 떨어져 고독 속에 잠든다.

우리 모두가 떨어진다.
여기 이 손도 떨어진다,
다른 모든 것들도 떨어진다.

그렇지만, 이렇게 떨어지는 모든 것을
양손으로 부드럽게 받쳐주는 그분이 계신다.

그때를 기억하라

| R. 펀치즈 |

길이 너무 멀어 보일 때
어둠이 밀려올 때
모든 일이 다 틀어지고
친구를 찾을 수도 없을 때
그때는 기억하라
사랑하는 이가 있다는 것을.

웃음 짓기 힘들 때
기분이 울적할 때
날아보려 날개를 펴도
날아오를 수 없을 때
그때는 기억하라
사랑하는 이가 있다는 것을.

시간은 벌써 다 달아나 버리고
시작하기도 전에 끝나 버릴 때
조그만 일들이 당신을 가로막아
아무 일도 할 수 없을 때
그때는 기억하라
사랑하는 이가 있다는 것을.

사랑하는 이가 멀리 떠나고
당신 홀로 있을 때
어떤 말을 해야 할지 모를 때
혼자 있다는 사실이 한없이 두려울 때
그때는 기억하라
사랑하는 이가 있다는 것을.

지금 이 순간

| 피터 맥 윌리엄스 |

그대에 대한 나의 사랑을
글로는 이루 다 표현할 길이 없다네.
적절한 어휘와 구절들을
찾을 길이 없네.

나는 분별력을 잃어버렸네
그대를 만난 이후로는
그저 모든 것이 행복에 겨워.

사랑하기 때문에 그대를 원하는지, 아니면
그대를 원하기에 사랑하는 것인지
알 길이 없네.

다만 내가 알고 있는 것은
그대와 같이 있기를 좋아하고
그대를 생각하면 행복해진다는
지금 이 순간 내 사랑은
그대와 함께 있네.

엄숙한 시간

| 릴케 |

이유도 없이 울고 있는 사람은
나를 울고 있다,

지금 밤의 어느 곳에서 누가 웃고 있다
이유도 없이 웃고 있는 사람은
나를 웃고 있다,

지금 세계의 어느 곳에서 누가 걷고 있다
정처도 없이 걷고 있는 사람은
내게로 오고 있다,

지금 세계의 어느 곳에서 누가 죽어 간다
이유도 없이 죽어 가는 사람은
나를 보고 있다,

내게 있는 것을

| 윌리엄 버클레이 |

신이여
나로 하여금 나의 생명을
당선께서 내게 원하시는 대로
사용하게 도와주소서.

나의 능력을
다른 사람을 위해 쓰게 하심으로
남을 행복하게 하고 세상을
유익케 하옵소서.

내가 가진 물질로
자신을 위한 이기적인 목적이 아니라
남을 돕는 일에 후히 쓰게 허용하소서.

두 눈의 의미

| 엘뤼아르 |

네가 나를 알아보는 이상으로
아무도 나를 알 수는 없다.

그 속에서
단 둘이서 잠자는 네 두 눈을
인간의 광선 속에서 나는 만들어 냈었다.
밤의 어둠에서보다는
나는 하나의 운명을.

그 속을 내가 여행하는 네 두 눈은
길과 거리의 몸짓들에 주었다.
땅을 벗어난 하나의 의미를.

네 눈 속에서
우리의 끝없는 고독을
우리에게 깨닫게 해주는 자들은
그렇다고 믿고 있는 자들은 이미 아니다.

네가 나를 알아보는 이상으로
아무도 나를 알 수는 없다.

내가 부를 노래

| 타고르 |

내가 진심으로 부르고 싶었던 노래를
아직까지 부르지 못했습니다.
수많은 악기만 켜 보다가 세월만 흘러갔습니다.
아직 때가 되지 않았다고, 말로도 다 표현하지 못했습니다.
준비된 것은 오직 바라는 마음뿐입니다.

꽃은 더 이상 피지 않고
바람만이 한숨 쉬듯 지나갔습니다.
나는 당신의 얼굴을 보지 못했고
당신의 목소리조차 들어보지 못했습니다.
오직 알 수 있는 것은 내 집 앞을 지나는
당신의 가벼운 발걸음 소리뿐입니다.

내 집에 당신의 자리를 마련하는데
많은 시간을 보냈습니다.
하지만 아직 등불을 켜지 못한 탓으로
당신을 내 집으로 청할 수 없습니다.
나는 늘 당신을 만날 희망 속에 살고 있지만
그러나 나는 아직도 당신을 만나지 못하고 있습니다.

내 마음은

| S. 윌리엄스 |

내 마음은
그녀의 보드라운 장밋빛 손바닥에 놓인
물 한 방울
황홀한 고요에 몸을 떨며
손바닥이 움직이는 대로 따라 움직인다.

내 마음은
그녀의 뜨거운 손에서
부서지는 붉은 장미 꽃잎
간신히 마지막 향기를 토해 내고
운명의 손아귀 속에서 사그라져 버린다.

내 마음은
증발해 버린 구름 한 조각
태양 가까이 가면 아름답게 변하고
그 품 속에서 무지개를 만나며
끝내는 녹아내려 눈물로 변해 버린다.

내 마음은
내가 사랑하는 하프.
연주할 손이 없어 침묵을 지키는 현악기
무정하게, 잔인하게라도 누군가 만져만 준다면
산산이 부서지며 노래하리라.

백사장에 앉아

| 프로스트 |

사람들은 백사장에 앉아
모두 한 곳을 바라본다.
육지에 등을 돌리고
그들은 온종일 바다를 바라본다.

선체를 줄곧 세우고
배 한 척이 지나간다.
물 먹은 모래땅이 유리처럼
서 있는 갈매기를 되비친다.

육지는 보다 변화가 많으리라.
하지만 진실이 어디 있건
파도는 해안으로 밀려들고
사람들은 바다를 바라본다.

그들은 멀리 보지 못하며
깊이 보지도 못한다.
하지만 그것에 구애됨이 없이
그들은 오늘도 바다를 지켜본다.

단 편

| 삽포 |

별빛은 반짝여도
달빛 주위에서는
빛나는 제 모습을 감춘다.
보름밤
은빛이 온 세상을
환하게 비출 때.

그 미소를

| 엘뤼아르 |

밤은 결코 완전한 것이 아니다.
슬픔의 끝에는 언제나
열려 있는 창이 있고
언제나 꿈은 깨어나며
욕망은 충족되고 굶주림은 채워진다.
관대한 마음과
열려 있는 손이 있고
주의 깊은 눈이 있고
함께 나누어야 할 삶이 있다.

먼 나라

| 다무라 류이지 |

나의 괴로움은
단순한 것이다.
먼 나라에서 온 짐승을 기르듯
별로 연구가 필요한 것은 아니다.

나의 시는
단순한 것이다.
먼 나라에서 온 편지를 읽듯
별로 눈물이 필요한 것은 아니다.

나의 기쁨이나 슬픔은
더욱 단순한 것이다.
먼 나라에서 온 사람을 죽이듯
별로 말이 필요한 것은 아니다.

그날은 지나갔습니다

| 존 키츠 |

그날은 지나갔습니다.
달콤함도 함께 사라져버렸습니다.

감미로운 목소리, 향긋한 입술, 따뜻한 손,
그리고 부드러운 가슴.

따사로운 숨결, 상냥한 속삭임,
빛나는 눈, 균형 잡힌 자태, 그리고 곧게 뻗은 허리.

사라졌습니다.
꽃과 그 모든 꽃봉오리의 매력들은
사라져버렸습니다.
내 눈으로부터 아름다운 모습이 사라졌습니다.

그러나 내가 오늘 온종일 사랑의 책을 읽었을 때
사랑의 신은 나를 잠들게 할 것입니다.
내가 단식하고 기도하는 것을 보고서.

때묻어 버린 슬픔에

| 나카하라 츄야 |

때묻어 버린 슬픔에
오늘도 싸락눈은 내려 쌓인다
때묻어 버린 서러움에
오늘도 바람은 휘몰아친다.

때묻어 버린 슬픔은
이를테면 여우의 가죽옷
때묻어 버린 슬픔은
싸락눈에 싸여서 움츠러진다.

때묻어 버린 슬픔은
바람도 없고 소망도 없고
때묻어 버린 슬픔은
나른함 속에서 죽음을 꿈꾼다.

때묻어 버린 슬픔에
측은하게도 두려움은 깃들고
때묻어 버린 슬픔에
덧없이 해만 져문다.

소네트

| 셰익스피어 |

운명에 버림 당하고 세상으로부터 사랑을 얻지 못하여
나 혼자서 처량한 신세를 탄식하며
대답 없는 하늘을 향해 헛되이 외쳐 보면서
나 자신을 돌아보며 운명을 저주하고
희망으로 넘쳐 있는 사람들을 부러워하고
잘 생긴 사람과 친구 많은 사람을 시샘하고
이 사람의 재간과 저 사람의 능력을 탐내며
나의 것에 대하여 만족하지 못하고
이렇듯 생각 속에서 자신을 경멸할 때
어쩌다 그대를 생각하면
내 신세는 새벽녘 우울한 대지로 솟아오르는
종달새가 되어 천국의 문턱에서 노래한다.
그대의 달콤한 사랑으로 내 마음은 떠돌며
내 신세를 왕과도 바꾸지 않으리라.

그때 꼭 한번 보인 그것은

| 프로스트 |

빛을 등진 채 우물가 그늘에 앉아 있는
내 모습을 사람들은 조롱의 눈빛으로 바라본다.
눈에 보이는 여름 하늘의 신처럼
고사리 다발 모양의 구름 밖
거울 같은 수면에 비치는
내 자신의 초라한 모습이 바람처럼 흔들린다.
언제인가 우물가에 턱을 고이고 앉아 있는
내 모습 너머로 분명하진 않지만
뭔가 하얀 빛과 같은
깊숙이 잠긴 것이 보이는 듯했다.
그런데 곧 그 모습을 놓치고 말았다.
물은 너무나 맑음을 스스로 꾸짖는 듯했다.
고사리 같은 구름에서 물 한 방울 떨어져 수면에 번지며
그 모습을 지워버린 것이었다.
그 하얀 빛과 같은 것은 무엇이었을까?
그냥 수정 조각이었을까?
그때 꼭 한번 보인 그것은.

함께 나누어야 할 삶

| 엘뤼아르 |

밤은 결코 완전한 것이 아니다.
슬픔의 끝에는 언제나
열려 있는 창이 있고
언제나 꿈은 깨어나며
욕망은 충족되고 굶주림은 채워진다.
관대한 마음과
열려 있는 손이 있고
주의 깊은 눈이 있고
함께 나누어야 할 삶이 있다.

수 아줌마의 이야기

| 휴즈 |

수 아줌마 머리에는 이야기가 가득하다
수 아줌마 가슴에는 이야기가 가득하다
한 여름밤 문간에 나 앉아
수 아줌마는 구리빛 어린것 가슴에 안고
그에게 이야기 들려 준다.

흑인 노예는
뜨거운 불볕 아래서 일하고
그리고 흑인 노예는
찬 이슬 내리는 밤길을 걷고
광활한 강둑에 앉아 서러운 노래 부른다
늙은 수 아줌마 목소리 가락으로
그들을 포근히 젖어들게 하며
수 아줌마 이야기 반복되는 굴곡 따라
그들을 포근히 젖어들게 한다.

검은 얼굴의 아이는, 듣노라면
안다, 수 아줌마 이야기는 진짜 이야기
그는 안다, 수 아줌마는 이야기를 책에서
가져 온게 아니라는 것을
바로 아줌마의 참 인생에서
나온 이야기라는 것을.

검은 얼굴의 꼬마는
수 아줌마 이야기에 귀 기울이며
한여름밤 말이 없다.

산 위에서

| 괴테 |

릴리여!
만일 내가 너를 사랑하지 않는다면
어떤 기쁨을 이 경치가 줄 수 있었으랴!
그리하여 릴리여!
만일 내가 너를 사랑하지 않는다면
어디서 나는 행복을 찾을 수 있었을까?

한 그루 전나무 외로이 서 있네

| 하이네 |

한 그루 전나무 외로이 서 있네
북방의 헐벗은 산마루 위에
눈과 얼음에 덮여
흰 옷 입고 조는 듯 서 있네.

전나무 꿈 속에서
머나 먼 동방의 나라
불볕 쪼이는 절벽 위에
외로이 말없이 슬퍼하는 종려수를 그리워 하네.

떡갈나무

| 테니슨 |

살아야 한다.
젊은이도 늙은이도
저 떡갈나무처럼
봄에는 빛나고
황금처럼 불타 오른다.

여름에는 색깔이 짙고
그리고 계속하여
가을로 바뀌면
다시금 순수한 황금빛이 된다.

그 잎새도 마침내는
모두 떨어진다.
그러나 떡갈나무는
밑둥과 가지만 남은
벌거숭이의 힘으로 서 있다.

나무의 시

| 킬머 |

나무처럼 사랑스러운 시를
내 생애에서
볼 수 없으리라 생각한다.

향기로 흐르는 젖가슴에
굶주린 입술을 대고 있는 나무.

하루 종일 잎파리 무성한 팔을 들어
하느님께 기도 올리는 나무.

여름날 자신의 머리자락에
방울새의 보금자리를 만들어 주는 나무.

가슴에 흰 눈을 쌓기도 하고
비와 다정하게 대화하는 나무.

나 같은 바보도 시를 쓰지만
나무를 만드시는 분은 오직 하느님.

강변의 숲속에서

| 한스 카로사 |

강변의 숲속에
숨어 있는 아침 해
우리는 그 강가에 작은 배를 띄웠다.

아침 해는
물속으로 뛰어들어 강물 위에서
반짝이며 우리에게 인사를 보냈다.

마음의 교환

| 사무엘 콜리지 |

나는 내 사랑과 마음을 교환하였다.
내 품에 그녀를 품었으나
왜 그런지, 나는
포플러 나뭇잎처럼 와들와들 떨었다.
그녀는 아버지의 승낙을 받으라고 했다.
그녀의 아버지를 만나며
나는 갈대처럼 떨었다.
의젓하게 행동하려 했으나 그러지 못했다.
우리는 이미 마음을 나눈 사이인데도.

악한 자의 가면

| 베르톨트 브레히트 |

내 방 벽에는 일본제 목제품인
황금색 칠을 한 악마의 가면이 걸려 있다.
그 불거져 나온 이마의 핏줄을 보고 있노라면
악할 수 있다는 것이 얼마나 힘든 일인가를
느낄 수 있을 것만 같다.

내 소중한 친구

| 하인리히 하이네 |

내 소중한 친구여, 너 사랑에 빠졌구나.
새로운 고통에 시달리고 있음이 엿보인다.

네 머릿 속은 갈수록 어두워지고
네 가슴 속은 갈수록 환해지겠지.

내 소중한 친구여, 너 사랑에 빠졌구나.
네가 그것을 설사 고백하지 않아도
심장의 불길이 벌써 네 조끼 사이로
훨훨 타오르는 것이 보인다.

살아남은 자의 슬픔

| 베르톨트 브레히트 |

물론 나는 알고 있다.
운이 좋았던 덕택에
나는 그 많은 친구들보다
오래 살아남았다
그러나 지난 밤 꿈 속에서
이 친구들이 나에 대하여
이야기하는 소리가 들려왔다
강한 자는 살아남는다
나는 내 자신이 미워졌다.

거두어 들이지 않은 것

| 프로스트 |

담장 너머로 뭔가 익은 냄새 물씬 풍겨 와
늘 다니던 길을 버리고
발길 더디게 하는 게 무언지 찾아갔더니
사과나무 한 그루가 거기 서 있었다.
잎새 몇 개만 남아 있는 사과나무는
여름의 무거운 짐 다 벗어버리고
여인의 부채처럼 가볍게 숨쉬고 있었다.
더할 수 없는 사과 풍년이 들어
땅은 온통 떨어진 사과들로
빨간 원을 이루고 있었다.

뭔가 모두 거두어 들이지 않고 남겨 두는 것도 좋겠다.
정해진 계획 밖에도 많은 것이 남아 있다면
사과든 뭐든 잊혀져 남겨진 게 있다면
그래서 그 향기 마시는 게 죄야 되지 않는다면.

참된 이름

| 이브 본느프와 |

나는 한때 너였던, 이 성을 사막이라 부르리라.
내 목소리를 밤이라고, 너의 얼굴을 부재라고
그리고 네가 불모의 땅 속으로 떨어질 때
너를 데리고 간 번갯불을 허무라고 부르리라.

죽는 일을 좋아하던 너, 나는 온다.
그러나 영원히 너의 어두운 길을 따라
나는 너의 욕망, 너의 형태, 너의 기억을 파괴한다.
나는 인정사정 없는 너의 적이다.

나는 너를 전쟁이라 부르리라.
그리고 나는 너에 대하여
전쟁 시의 자유 행동을 행사하리라.
그리고 나의 두 손 안에는
너의 금 그어진 검은 얼굴을
그리고 나의 가슴 속에는
천둥 번개 치는 이 나라를 가지리라.

누가 문을 두드린다

| 자크 프레베르 |

누구일까, 밖에 있는
아무도 아니겠지.
그저 두근거리는 내 가슴일 뿐이지
너 때문에 마구 두근거리는.
하지만 밖엔
작은 청동의 손잡이는
꼼짝 않고 있지.
털끝만큼도 움직이지 않고
꼼짝도 않고 있지.

가장 빛나는 것

| 브라우닝 |

꿀벌 자루 속의 일 년 동안 모은 온갖 향기와 꽃
보석 한복판에 빛나는 광산의 온갖 경이와 부

진주알 속에 감추어 있는 바다의 온갖 빛과 그늘
향기와 꽃, 빛과 그늘, 경이, 풍요

그리고 이것들보다 훨씬 더 높은 것
보석보다도 더 빛나는 진리
진주보다도 더 순수한 믿음
우주 안에서 가장 빛나는 진리
그것은 한 소녀의 입마춤이었네.

가정의 원만을 위하여

| 하이네 |

무릇 여자란 이와 같다.
가려워도 긁어서는 아니 될 존재이다.
따끔하게 톡 쏘아대도
이러니저러니 대꾸해서도 안 된다.

그녀들은 교활하게 웃음 지으며
잠자리에서 복수를 하기 때문이다.
당신이 막 껴안으려는 바로 그 찰나에
홱 돌아 등을 돌려버림으로써 말이다.

사람들은 이상하다

| 짐 모리슨 |

네가 이방인일 때
사람들은 이상하다.
네가 외로울 때
사람의 얼굴은 험악해 보인다.
남들이 그녀를 원하지 않을 때
여자는 사악해 보인다.
네가 침통할 때
길은 울퉁불퉁하다.
네가 이상할 때
아무도 너의 이름을 기억하지 않는다.

사람에게 묻는다

| 휴틴 |

땅에게 묻는다
땅은 땅과 어떻게 사는가?
땅이 대답한다
우리는 서로 존경하지.

물에게 묻는다
물과 물은 어떻게 사는가?
물이 대답한다
우리는 서로 채워 주지.

사람에게 묻는다
사람은 사람과 어떻게 사는가?
사람이 대답한다
스스로 한번 대답해 보라

쥐가 되었으면

| 바트 |

쥐가 되었으면, 들쥐라면 더욱 좋고,
못되면 정원에서 노는 쥐라도
집에 쳐 박혀 있는 집쥐 따위는 난 싫어
인간들 한테서는 구역질 나는 냄새가 나
우린 다 알지--- 새들도, 개들도, 쥐들도
그는 불쾌해 부섭고 떨려.

등나무꽃이나 따먹고, 종려 껍질이나 갉아 먹었으면
냉랭하고 축축한 흙더미에서 뿌리를 캐고
습기 물씬 젖은 밤이 지나 춤이나 추었으면,
만삭이 된 달을 보며
내 눈 속에 달빛의 그 고통의 흘러내리는
빛살을 머금었으면.

못된 삭풍이 몰아치기를 기다려
쥐구멍이나 팠으면
삭풍이 그 차갑고 뼈만 남은 손가락으로
나를 뒤질 때
그 발톱의 칼날 밑에서
내 작은 심장 짓눌러 버리기 위하여
하나의 비겁한 쥐새끼의 심장
팔딱팔딱 숨쉬는 보석.

잃어버린 아들

| 티메르망 |

내 아버지의 크나큰 집이
부드러운 달빛을 받아 빛나고 있다
집을 에워싸고 물결치는 저 밀은
내일 추수하게 될 것이리라
갈아서 날선 커다란 낫들이 줄지어
추수하기를 재촉하고 있다
열어놓은 창문으로부터
저녁 기도 소리가 들려온다.

그리움으로 내 마음은 달리고 있었다.
그리움은 걸음을 옮길 때마다 멀어져 가는
산꼭대기 처럼
푸르고 맑게 나를 부른다.
그리고 나의 참을 길 없는 그리움은
어두운 고뇌로 변해 버렸다.
나는 죄의 늪 속에 빠져 무의미하게
멸망할 수 밖에 없는 것이다.

나는 돼지처럼 살며 돼지 먹이에서 빵을 찾았으나
마침내 저 깊은 곳에서 하나님의 음성이
칡넝쿨처럼 뻗는 것을 들었다
"네 향수는 바로 나니라!"
하나님, 저는 당신의 손을 잡았나이다.
당신의 인도하심을 받아 나는 돌아왔다.
꿇어 앉아 감사드리고 싶다.
하나님, 당신의 종으로서 나는 고향에 돌아갑니다.
나는 지금도 기억합니다.
그 노래 - 밀을 벨때 불렀던 그 노래를

작은 것

| 카니 |

작은 물방울
작은 모래알
그것이 크나큰 바다가 되고
아름다운 나라가 된다.

작은 하나의 움직임
비록 하찮을지라도
그것은 영원이라고 하는
위대한 시대가 된다.

조그만 친절
조그만 사랑의 말
그것이 지상을 에덴으로 만들고
천국으로 변한다.

취하세요

| 보들레르 |

늘 취해 있어야 합니다.
모든 게 거기에 있습니다.
그것만이 유일한 문제랍니다.
당신의 두 어깨에서 힘을 빼고
당신을 땅으로 구부러뜨리는
끔찍한 시간의 무게를 느끼지 않으려면
당신은 계속 취해야 합니다.

늘 취해 있어야 합니다.
모든 게 거기에 있습니다.
술이든, 시든, 어쨌든 취해 있어야 합니다.
그리고 취기가 옅어지거나 사라졌을 때 물으세요.
바람에게든, 물결에게든, 별에게든, 새에게든
지금이 몇 시인지를.

그러면 바람, 물결, 별, 새는
당신에게 이렇게 대답할 것입니다.
"이제 취할 시간입니다.
시간에게 학대당하는 노예가 되지 않으려면
취하세요. 계속 취하십시오.
술에든, 시에든, 덕성에든, 당신 마음대로요."

불과 얼음

| 프로스트 |

어떤 사람은 이 세상이 불로 끝날 거라고 말하고
또 어떤 사람은 얼음으로 끝난다고 말한다.

내가 맛 본 욕망에 비춰 보면
나는 불로 끝난다는 사람들 편을 들고 싶다.

그러나 세상이 두 번 멸망한다면
파괴하는 데는 얼음도
대단한 힘을 갖고 있다고 말할 만큼
나는 증오에 대해서도 충분히 알고 있다고 생각한다.
그리고 그렇게 말하는 걸로 충분하다.

고상한 인품

| 사무엘 존스 |

사람을 더욱 훌륭하게 만들어 주는 것은
나무처럼 크기가 자라는 데 있는 것은 아니다.
또한 말라 낙엽지고 시들어
마침내 통나무로 쓰러지는 참나무처럼
삼백 년 동안 버티고 서 있는 것도 아니다.
하루살이와 같은 백합화조차
비록 그날 밤에 시들어 죽기는 해도
다른 어느 것보다 훨씬 아름답다.
그것은 빛의 풀이며 꽃이기 때문이다.
우리는 참다운 아름다움에 의해
짧은 기간에도 인생은 완전해질 수 있다.

새살림

| 토미오까 다에꼬 |

당신이 홍차를 끓이면
나는 빵을 굽겠습니다.
그렇게 살아가노라면
때로는 어느 초저녁
붉게 물든 달이 떠오르는 것을 보고서
불현듯 찾아오는 사람이 있겠지요.
그것으로 그뿐, 이제 그곳에는 더 오지 않을 것.
우리는 덧문을 내리고 그런 다음 문을 걸고
홍차를 끓이고, 빵을 구울 것입니다.
당신이 나를
내가 당신을
마당에 묻어줄 날이 있을 거라고
언제나 그렇게 얘기를 나누겠지요.
당신이 아니면, 내가
내가 아니면, 당신이
마당에 묻어줄 때가 언젠가는 오게 되고
남은 한 사람이 홍차를 홀쩍홀쩍 마시면서
그때서야 비로소 우리의 이야기는 끝나게 되겠지요.

잊은 것

| 삽포 |

높은 나뭇가지에 매달려
가지 끝에 매달려 있어
과일 따는 이 잊고 간
아니,
잊고 간 것은 아니련만
따기 어려워 남겨 놓은
새빨간 사과처럼 그대는
홀로 남겨져 있네.

나는 슬픔의 강을 건널 수 있습니다.

| 디킨슨 |

나는 슬픔의 강을 건널 수 있습니다.
강물이 가슴까지 차 올라도
익숙합니다.
하지만 기쁨이 살짝 날 건드리면
발이 휘청거려 그만 취해서
넘어집니다.
조약돌도 웃겠지만
맛 본 적 없는 새술입니다.
그래서 그런 것 뿐입니다.

힘이란, 오히려 아픔입니다.
닻을 매달기까지
훈련 속에 좌초되는 것
거인에게 향유를 주어보세요,
인간처럼 연약해질 테니
히말라야 산을 주어보세요.
그 산을 번쩍 안고 갈 것입니다.

시골살이

| 타치하라 미치죠 |

우체통은 철물점 처마 밑에 있었다
편지를 부치러 한 낮에 양산을 들고
별장의 아가씨가 오자, 그는 게으름뱅이 처럼 입을 벌렸다.
아가씨는 갑자기 슬퍼서 인기척 없는 산길을 되돌아간다.

길은 수없는 오르막 내리막
그 끝닿은 낙엽송 숲에는
푸른 산맥이 비쳐 보인다.
나는 혼자서 걸었던가, 아니
저 산맥의 저편 구름은 작은 구름을 가리킨다.

무지개를 보고 있는 처녀들이여
이제 빨래는 끝이 났고
새하얀 구름은 참다랗게
배보다도 서서히
마을 웅덩이에 작별한다.

그 사람은 해가 지면 노란띠를 매고
마을 밖 갈림길서 낙엽송 숲 속으로사라지고,
그 사람은 그대로 노란 애기 원추리가 되고

여름은 지나고
대낮이라 곧잘 바라보이던 행길에
지독한 먼지를 몰고 오는 자동차 연기 구름이
대낮이라 언덕에 앉았다 철없이 쓰러지는 풀잎 위
사찰의 종 소리가 은은히 들려온다
아득히 멀리

서둘러 숲 속 길을 오르니
벌레잡이 도구를 든 노인을 만났다,
그는 망원경으로 산기슭 고원을 보고 있었다
더 오르자 골짜기가 나왔다.
나뭇잎이 구름의 모습을 비치고 있었다.
그 밑의 냇물에 발을 씻었다. 기분이 좋았다.
초원을 닮은 산 아래 숲 속에는 반짝이는 지붕이 보였다.
같은 숲길을 다시 내려왔다.
이젠 누구와도 만나지 않았다.
이윽고 마을에선 닭이 울었다.
저 멀리 달리던 상념은 사라지고
그저 서둘러 길을 내려왔다. 멀었다.

마을에서 단 하나인 물방앗간은
그 푸른 포도덩굴 밑을 닭의 가족들에게 내 주었다.
노래하며 천천히
어느 띤 산양들의 웃음에도 가락을 맞추어
돌기만 하는 물레방아를
나는 곧잘 보러갔다 아무도 모르게
마을 사람들은 허물어져 가는 이곳을 잊고
나그네들은 아무도 모르고
그렇게 되면 이건 내 물레방앗간이 되겠지.

아련한 피리 소리

| 빅토르 위고 |

아련한 피리 소리
과수원에서 들려와요
한없이 고요한 노래
목동의 노래.

바람이 지나가요, 떡갈나무 그늘
연못 어두운 거울에
한없이 즐거운 노래
새들의 노래.

괴로워 말아요, 어떤 근심에도
우리 사랑할지니.
가장 매혹적인 노래
사랑의 노래.

기러기

| 메리 올리버 |

기러기는
착하지 않아도
무릎으로 기어 다니지 않아도
태양과 비의 맑은 자갈들은
풍경을 가로질러 움직이지.
대초원과 깊은 숲
그러면 기러기들은 맑고 푸른 공기처럼
다시 집으로 날아가는 거야.
네가 누구든 얼마나 외롭던 간에
너는 상상하는 대로 세계를 볼 수 있어.
기러기들은 들뜬 목소리로 말하지.
네가 있어야 할 곳은 이 세상 모든 것들의
그 한가운데라고.

늙은 선승의 노래

| 모리야 센안 |

내가 죽으면
술통 밑에 묻어줘.
운이 좋으면
바닥이 샐지도 몰라.

화살과 노래

| 롱펠로우 |

나는 하늘을 향해 활을 당겼다.
화살은 땅에 떨어졌다. 어딘지는 몰라도
그렇게도 빨리 날아가는 그 화살을
그 누가 볼 수 있을 건가.

하늘을 우러러 노래를 불렀다.
노래는 땅에 떨어졌다. 그 어딘지는 몰라도
눈길이 제아무리 예리하고 강하다 한들
날아가는 노래를 그 누가 볼 수 있을 건가.

오랜 세월이 흐른 후 한 느티나무에
아직 꺾이지 않은 채 박혀 있는
화살을 보았다. 노래도 처음부터 끝까지
한 친구의 가슴 속에 살아있는 것을
나는 들었다.

진정한 여행

| 나짐 히크메트 |

이 세상에서 가장 훌륭한 시가 씌어지지 않았다.
이 세상에서 가장 아름다운 노래가 불리어지지 않았다.
최고의 날은 살지 않은 날들을 위해
가장 넓은 바다는 항해되지 않았고
가장 먼 여행은 끝나지 않았다.
불멸의 춤은 추어지지 않았으며
가장 빛나는 별은 발견되지 않은 채
무엇을 해야 할지 더 이상 알 수 없을 때
비로소 진정한 무엇인가를 할 수 있다.
어느 길로 가야 할지 더 이상 알 수 없을 때
그때가 비로소 진정한 여행의 시작이다.

천사의 양식

| 헬렌 스타이너 라이스 |

한 잔의 친절에
사랑을 부어 잘 섞고
하늘의 신에 대한 믿음과
인내를 첨가하고
기쁨과 감사와 격려를
넉넉하게 뿌립니다.
그러면 일 년 내내 포식할
'천사의 양식' 이 됩니다.

잃고 얻는 것

| 롱펠로우 |

잃은 것과 얻은 것
놓친 것과 이룬 것

저울질해 보니
자랑할 게 별로 없구나

많은 날 헛되이 보내고

화살처럼 날려보낸 좋은 뜻
못 미치거나 빗나갔음을.

하지만 누가
이처럼 손익을 따지겠는가
실패가 알고 보면 승리일지 모르고
달도 기울면 다시 차오느니.

루 시

| 워즈워드 |

다브의 샘가
인적 없는 외진 곳에 소녀가 살았습니다.
칭찬하는 사람은 아무도 없고
사랑하는 사람 역시 아무도 없던 그 소녀.

이끼 낀 바위 틈에 반쯤 가리어
다소곳이 피어 있는 한 송이 오랑캐꽃
하늘에 홀로 반짝이는 샛별처럼 아름답던 그 소녀.

아는 이 없는 삶을 홀로 살다가
아는 이 없이 삶을 거둔 가엾은 루시
지금은 무덤 속에 고이 잠들었으니
오! 이제 그대 없음에 온 세상이 달라졌습니다.

선술집

| 빈센트 밀레이 |

녹은 언덕 밑에서
나는 작은 선술집을 차리고 싶다
그 곳에 회색 눈을 가진
모든 사람들이 앉아서 쉴 수 있도록

가게엔 먹을 것들이 충분히 있고
마실 것들이 있어, 어쩌다 그 언덕으로
올라오는 모든 회색 눈의 사람들에게
추위를 녹여 주리라.

거기서 나그네는 깊은 잠에 취해
그의 여행의 끝을 꿈꿀 것이고
그러나 나는 한밤중에 일어나
사그라지는 난롯불을 손 보리라.

고양이와 새

| 자크 프레베르 |

온 마을 사람들이 슬픔에 잠겨
상처 입은 새의 노래를 듣는다.
마을에 한 마리뿐인 고양이
고양이가 새를 반이나 먹어 치워 버렸다.
이에 새는 노래를 그치고
고양이는 가르랑거리지도
콧등을 핥지도 않는다.
마을 사람들은 새에게
훌륭한 장례식을 치러 주고
고양이까지 초대 받아
지푸라기 작은 관 뒤를 따라간다.
죽은 새가 누워 있는 관을 멘
작은 소녀는 눈물을 그칠 줄 모른다.

내가 살아가는 이유

| 체 게바라 |

그것은
때때로 당신이
살아가는 이유이기도 하다.

죽은 뒤

| 로제티 |

커튼은 반쯤 내려져 있고 마루는 깨끗한데
내가 누운 자리 위엔
풀과 로즈마리가 흩어져 있다.

창가에는 담쟁이가 그늘을 만들며 기어간다.
누군가 내개로 몸을 구부린다. 내가 깊이 잠들어
그가 온 소리를 듣지 못했으리라, 여기면서.

'가엾은 것' 하고 그가 말한다.
그가 돌아서고 깊은 침묵이 감돌 때
나는 그가 울고 있음을 안다.

그는 내 수의를 만지거나 잡지도 않는다.
내가 실아 있을 때, 그는 나를 사랑하지 않았다.
죽고 난 후에야 가엾이 여긴다.

내 몸은 싸늘하지만
그의 체온이 여전히 따뜻함은 얼마나 기쁜 일인가.

말(言)은 죽은 것이라고

| 디킨슨 |

말을 하면 그 순간
말은 죽은 것이라고
어떤 이들은 말한다.

그러나 나는 말들이 지금
살아나기 시작한다고 말한다.
말을 한 그 때부터.

초원의 빛

| 워즈워드 |

한때는 그리도 찬란했던 빛이
이제는 속절없이 사라져 가고 있다.
돌이킬 길 없는
초원의 빛이여, 꽃의 영광이여.

우리는 슬퍼하지 않으며
뒤에 남아서 굳셀 것이다.
존재의 영원함을
아름다움으로 가슴에 간직할 것이다.

인간의 고뇌를
사색으로 향유하며
죽음도 평온한 눈빛과
명철한 믿음으로 세월 속에 남을 것이다.

삼월의 노래

| 워즈워드 |

닭이 운다.
시냇물은 흐르고
새떼 재잘대며
호수는 반짝이는데
푸른 초원은 햇볕 속에 잠들었다.

늙은이도 어린이도
젊은이와 함께
풀 뜯는 가축들은
모두 고개도 들지 않는다.
마흔 마리가 마치 한 마리인 양.

패배한 병사들처럼
저 헐벗은 산마루에
병 들어 누웠는데
워이, 워이! 밭 가는 농부의 목청이 힘차구나.

산에는 기쁨
샘에는 생명

조각구름 크고 작게 떠 흐르는
저 하늘은 푸르름만 더해 가니
비 개인 날이 기쁘기만 하네.

부서져라

| 알프레드 테니슨 |

바다여!
부서져라, 힘차게 부서져라.
차디찬 잿빛 바위에.

내 혀가 마음 속에서 솟아오르는
생각을 표현할 수 있었으면 좋으련만.

어부의 아들은 뭐가 그리 좋은지
누이와 함께 고함지르며 놀고 있다.
젊은 뱃사람은 힘찬 몸놀림으로
포구에 배 띄우고 노래 부른다.

바다여!
부서져라, 힘차게 부서져라
벼랑 기슭에.

하지만 가 버린 날의 다정한 행복은
다시는 돌아오지 않을 것이다.

누구든 떠날 때는

| 바흐만 |

누구든 떠날 때는
한여름에 모아 둔 조개껍질
가득 담긴 모자를
바다에 힘껏 던지고
머리카락을 날리며 멀리 떠나야 한다.
사랑을 위하여 준비한 식탁을
바다에 뒤엎고
잔에 남은 마지막 포도주를
바다 속에 따르고
빵 부스러기는 물고기들에게 주어야 한다.
피 한 방울 뿌려서 바닷물에 섞고
나이프를 고이 물결에 띄우고
신발은 물 속에 가라앉혀야 한다.
심장과 달과 십자가와 그리고
머리카락 흩날리며 멀리 떠나야 한다.
그러나 언제인가 다시 돌아올 것을
언제 다시 오는가?
묻지는 마라.

여 행

| 체 게바라 |

여행에는
두 가지 중요한 순간이 있다.

하나는 떠나는 순간이고
또 하나는 도착하는 순간이다.

만일 도착할 때를 계획한 시간과 일치시키려면
어떠한 수단과 방법도 가리지 말아야 한다.

밤에 익숙해지며

| 프로스트 |

나는 어느새 밤에 익숙해지게 되었습니다.
빗 속을 홀로 거닐다, 빗 속에서 되돌아왔습니다.
거리 끝 불빛 없는 곳까지 거닐 다 돌아왔습니다.

나는 쓸쓸한 느낌이 드는 길거리를 바라보았습니다.
저녁 순시를 하는 경관이 곁을 스쳐 지나쳐도
얼굴을 숙이고 모른 체 하였습니다.

잠시 멈추어 서서 발소리를 죽이고
멀리서부터 들려와 다른 길거리를 통해
집들을 건너서 그 어떤 소리가 들려왔으나
그것은 나를 부르기 위해서도 아니었고
이별을 알리기 위해서도 아니었습니다.

오직 멀리 이 세상 것이 아닌 것처럼 높다란 곳에
빛나는 큰 시계가 하늘에 걸려있어
지금 시대가 나쁘지도 또 좋지도 않다고
알려주고 있었습니다.
나는 어느새 밤에 익숙해지게 되었습니다.

밤의 꽃

| 아이헨 도르프 |

밤은 고요한 바다와 같다.
기쁨과 슬픔과 사랑의 고뇌가
겹겹이 뒤엉켜 느릿느릿
거센 물결을 몰아치고 있다.

온갖 희망은 구름과 같이
고요히 하늘을 흘러간다.
그것이 회상인지, 또는 꿈인지
바람 속에서 그 누가 알 수 있으랴.

별들을 향해 조용히 묻고 싶다.
가슴과 입을 막는다 하더라도
마음 속은 여전히 희미하고
잔잔한 물결 소리만 여울지고 있다.

밤은 천 개의 눈을

| 프란시스 W. 버딜론 |

밤은 천 개의 눈을 가졌지만
낮에는 단 하나뿐
그러나 밝은 세상의 빛은 사라진다.
저무는 태양과 함께.

마음은 천 개의 눈을 가졌지만
가슴은 단 하나뿐.
그러나 한평생의 빛은 사라진다.
사랑이 다할 순간이 되면.

11시

| 이외르겐센 |

너는 해 지고
저녁 어둠 드리울 때 왔다
하지만 두려워 하지도 않고
나와 함께 갈 각오가 되어 있었다.

너는 알지 못했다
네가 방황하는 길이 어디로 향하는지
네가 알고 있던 것은 단지
내 친구가 되고 싶다는 것 뿐이었다.

너는 성에 낀 창가에서
네 장소를 발견하였다
나는 일찍이 거기 혼자서 앉아 있었다
이제 우리는 둘이서 거기 앉았다.

그리고 별들이 하늘에 켜지면
너는 볼 것이다
빛나는 별들 전체를
우리 집 위에서.

그리고 지금 우리는 듣는다
11시를 알리는 시계 소리를
그리고 나는 안다. 네가 마지막까지
나와 함께 갈 결심이라는 사실을.

이름 바꾸기

| 니카노르 파라 |

문학 애호가들에게
내 작은 소망을 말하고 싶다.
나는 이름을 다르게 부르고 싶다.
시인은 사물의 이름을 바꾸지 않으면
책무를 다하지 못하는 것이다.
무슨 이유로 태양은
줄곧 태양이어야 할까?
천리 길을 걸어야 하는 신발을
천리화라 부르면 어떨까.

내 구두는 관을 닮았다.
오늘부터 내 구두를 관이라 부를 것이다.
내 구두의 이름에 바뀌었다고
모두에게 알릴 것이다.
내 구두는 지금부터 관이다.

스스로를 잘 났다고 믿는 모든 시인은
자신만의 사전을 지녀야 한다.
자신이 원하는 대로
바꾸어 부를 줄 알아야 한다.

성공이란

| 에머슨 |

자주 그리고 많이 웃는 것
현명한 이로부터 존경을 받고
아이들에게서 사랑을 받는 것
정직한 비평가의 찬사를 듣고
친구의 배반을 참아내는 것.

아름다움을 식별할 줄 알며
다른 사람에게서 최선의 것을 발견하는 것
건강한 아이를 키우며
정원을 가꾸든
사회 환경을 개선하든
자기가 태어나기 전보다
세상을 조금이라도 살기 좋은 곳으로
만들어 놓고 떠나는 것.

자신이 한때 이곳에 살았음으로 해서
단 한사 람의 인생이라도 행복해지는 것
이것이 진정한 성공이다.

이기주의

| 체 게바라 |

우리가 그토록 바라는 세상이 오더라도
여전히 남아 있는 것은 이기주의이다.

그것은 감기 바이러스와 같은 것이어서
늘 새로운 옷으로 갈아입고 우리를 오염시킨다.

전염 경로인 공기와 물을 없앨 수도 없는 일
오직 마음을 개조시킬 수밖에 없는 일이다.

그것의 유일한 방법은 인류 최고의 무기인 사랑이다
그 사랑은 만능열쇠처럼 어떠한 마음도 열 수 있다.

진실

| 벤 존슨 |

진실은 그 자신을 시험하는 것이며
그 외의 다른 것으로는 설명할 수 없다
가장 순수한 금보다 더 순수한 것이며
이보다 아름다운 것은 없다.

그것은 사랑의 빛이며 삶 자체이다
진실은 영원히 빛나는 태양이며
어디에서도 찾아볼 수 없는 은총의 영혼이며
믿음과 사랑이다.

진실은 약속의 보증인이며
아름다운 향기를 뿜어내고
모든 거짓말을 발밑에 짓밟는
믿음의 힘을 가지고 있다.

젊은 시인에게 주는 충고

| 릴케 |

마음 속의
풀리지 않는 모든 문제들에 대해
인내를 가지라.

문제 그 자체를 사랑하라
지금 당장 해답을 얻으려 하지 말라
그건 지금 당장 주어질 수 없으니까.

중요한 건 모든 것을 겪어보는 일이다
지금 그 문제들을 겪어보라
그러면 언젠가 먼 미래에
자신도 알지 못하는 사이에
삶이 너에게 해답을 가져다 줄 것이다.

서른 살 시인

| 장 콕토 |

이제 인생의 중반에 접어들어
내 삶을 바라보노라.

과거와 같은 미래, 변함 없는 풍경이긴 하지만
서로 다른 계절에 속해 있다.

이쪽은 어린 노루 뿔처럼 굳은 포도넝쿨로
붉은 땅이 덮여 있고 빨랫줄에 널린 빨래가
웃음과 손짓으로 하루를 맞아준다
저쪽은 겨울, 그리고 내게 주어질 명예가 기다린다.

비너스여, 아직 날 사랑한다 말해 주오.
내가 네 이야기를 하지 않았다면
내 삶이 내 시(詩)로 이루어지지 않았다면
난 너무나 공허해 지붕 위에서 뛰어내렸을 것이다.

어느 시인의 죽음

| 장 콕토 |

나는 죽습니다, 프랑스여.
내가 말할 수 있게 가까이 오십시오.
난 그대 때문에 죽습니다. 그대는 날 욕했고
우스꽝스럽게 만들었고 속였고 절망으로 떨어뜨렸습니다.

이젠 상관 없는 일입니다, 프랑스여,
나 이제 그대에게 입 맞추어야겠습니다.
마지막 이별의 입맞춤을. 외설스런 세느강에
보기 싫은 포도밭에, 너그러운 섬들에
부패한 파리에 마지막 입맞춤을 보내야겠습니다.
좀 더 가까이, 더 가까이, 나를 보게 해주십시오.

아, 이젠 나, 그댈 붙잡았습니다.
소리를 질러도 소용없고
죽는 자의 손가락을 펼 수는 없는 것
황홀히 그대의 목을 조르렵니다.
이제 난 외롭게 죽지 않을 것입니다.

나의 기도

| 마더 테레사 |

사랑 받고 싶은 욕구에서 나를 구하소서
칭찬 받고 싶은 욕구에서 나를 구하소서
신뢰 받고 싶은 욕구에서 나를 구하소서
인정 받고 싶은 욕구에서 나를 구하소서
인기를 누리고자 하는 욕구에서 나를 구하소서
명예로워지고자 하는 욕구에서 나를 구하소서

굴욕의 두려움에서 나를 구하소서
멸시의 두려움에서 나를 구하소서
비난의 두려움에서 나를 구하소서
중상모략의 두려움에서 나를 구하소서
잊혀지는 두려움에서 나를 구하소서
오해 받는 두려움에서 나를 구하소서
조롱 당하는 두려움에서 나를 구하소서
배신 당하는 두려움에서 나를 구하소서

삶을 완성하는 밤

| 톨스토이 |

죽음보다 더 요란했던 그날이
침묵처럼 고요해지고
벙어리가 된 거리의 벽 위에
밤의 어둠이 그물을 내리는 시간
하루의 보상이 찾아오는 꿈을 맞이 하기 위해
나는 정적 속에서
혼자 눈을 뜨고 고민의 장막을 깁는다.
할 일도 없는 무던한 밤
뉘우침의 그림자가 뱀처럼 꿈틀거리고
그 영혼의 빈 집에서 쓸쓸하고 무겁게 짓누르는
부질 없는 공상이 아우성친다.
한편에서는 빛을 잃은 추억이
내 앞에 두꺼운 화첩을 펴고
지난 세월을 덧칠하며 비탄에 잠겨 눈물을 머금는다.
그러나 한번 사로잡은 내 슬픔은 가실 줄을 모른다.

용서하는 마음

| 로버트 뮬러 |

일요일에는 자신을 용서하라
월요일에는 가족을 용서하라
화요일에는 친구와 동료를 용서하라
수요일에는 국가의 경제기관을 용서하라
목요일에는 국가의 문화가관을 용서하라
금요일에는 국가의 정치기관을 용서하라
토요일에는 다른 나라들을 용서하라

어머니의 기도

| 캐리 마이어스 |

변함없이 아이들을 이해하고
아이들의 말을 끝까지 들어주고
묻는 말에 일일이 친절하게
대답할 수 있도록 도와주소서.

면박을 주거나 무시하는 일이 없도록 도와주소서.
아이들이 우리에게 공손히 대해 주기를 바라듯
우리가 잘못했다고 느꼈을 때
아이들에게 용서를 빌 수 있는 용기를 주옵소서.

아이들의 잘못에
창피를 주거나 상처 주는 말을 하지 않도록
아이들에게 잔소리를 하지 않게 하여 도와주옵소서.

비문

| W. 드라매어 |

여기 고이 잠든 참으로 아름다운 여인
발걸음도 마음도 가벼운
이 나라에선
다시 없이 아름다운 여인입니다.

그러나 아름다움은 소멸하고 사라지는 것
제 아무리 보기 드문 희귀한 아름다움일지라도
이제 나 또한 부서져 흙으로 돌아가면
그 누가
이 여인을 기억해 줄 것인가?

어느 개의 묘비명

| 바이런 |

이곳 작은 터에 개의 유해가 묻혔다.
개는 아름다움을 가졌으되 허영심이 없고
힘을 가졌으되 거만하지 않고
용기를 가졌으되 잔인하지 않고
인간과 같은 모든 덕목을 가졌으되 덕은 악덕은 갖지 않았다.
이러한 칭찬이 인간의 무덤 위에 새겨진다면
의미 없는 아부가 되겠지만
이 개의 영전에 바치는 말로는 정당한 찬사이리라.

우리들의 정의는

| 엘뤼아르 |

사람들의 뜨거운 삶
포도로 술을 빚고
석탄으로 불을 지피고
포옹으로 인간을 태어나게 한다.

사람들의 엄숙한 약속
전쟁의 비참함에도 불구하고
죽음의 위험에도 불구하고
순결한 목숨을 지키는 일이다.

사람들의 부드러운 법칙
물을 빛으로
꿈을 현실로
적의 형체를 뒤바꾸는 일이다.

낡고도 새로운 하나의 꿈
어린 아이의 마음 속 깊은 곳에서부터
최고의 이성에 이르기까지
스스로를 연마해 가는 그 법칙.

자살에 대한 경고

| 에리히 케스트너 |

이 충고는 자네를 위한 것이야
만약 자네가 권총에 손을 뻗어
얼굴을 내밀고 방아쇠를 당기면
내 가만 두지 않겠네.

세상이 재미없다고?
가난한 자와 부자가 있다고?
이봐, 뻔한 소리를 되풀이할 거야?
자네 시체가 관 속에 있어도
난 자네를 가만 두지 않을 거네.

주변에서 일어나는 잡스런 일이야 아무래도 좋아
비 맞은 중처럼 불평하는 건 이제 집어치워
세상이 그렇고 그렇다는 것은
어린애도 다 알아.

자네 꿈은
인류를 개선한다는 것이 아니었냐?
아침이면 자네는 그 꿈을 비웃을 거야
그러나 인간은 조금씩 나아질 수 있어.

그래, 나쁘고 형편 없는 자들이
버글버글하고 강자인 건 사실이야
그렇다고 개처럼 죽을 수야 없지
최소한 오래 살아
그놈들 약이라도 올려야 하지 않겠어?

평화의 기도

| 성 프란체스코 |

나를 당신의 평화의 도구로 사용해 주소서.
미움이 있는 곳에 사랑을
다툼이 있는 곳에 용서를
분열이 있는 곳에 일치를
의혹이 있는 곳에 믿음을
오류가 있는 곳에 진리를
절망이 있는 곳에 희망을
어둠이 있는 곳에 빛을
슬픔이 있는 곳에 기쁨을 가져오는 자 되게 하소서.

위로 받기보다는 위로하고
이해 받기보다는 이해하며
사랑 받기보다는 사랑하게 하여주소서.
우리는 줌으로써 받고
용서함으로써 용서 받으며
자기를 버리고 죽음으로써
영생을 얻게 됨을 깨닫게 하소서.

아들에게 주는 시

| 랭스턴 휴즈 |

아들아, 나는 너에게 말하고 싶다.
인생은 나에게 아름다운 수정으로 된
계단이 아니었다는 사실을
그 곳에는 못도 떨어져 있었고 가시도 놓여 있다.
물론 계단 바닥에는 양탄자도 깔려 있지 않았단다.

그러나 나는 지금까지
멈추지 않고 끊임없이 계단을 올라왔단다.
계단 중턱에도 도달하고
모퉁이를 돌고 돌아
때로는 전기불도 없는 캄캄한 곳까지 올라야 했단다.

아들아, 너도 뒤돌아 보지 말고 계단을 오르려무나.
주저 앉지도 말고 쉬지도 말고
오직 앞만 보고 올라가렴.
지금은 주저앉을 때가 아니다.
쓰러질 때가 아니다.

행 복

| 헤르만 헤세 |

네가 행복을 쫓고 있을 동안은, 너는
행복한 만큼 성숙하지 못하다.
비록 한없이 사랑하는 것, 모두가 네 것일지라도

잃어버린 것을 애석해 하고
여러 가지 목표를 가지고 초조해 있는 동안은
아직 평화가 무엇인지 너는 모른다.

모든 소망을 버리고
목표와 욕망도 잊어버린 채
행복 따위를 말하지 않게 되었을 때

비로소 사건의 물결은 네 마음에 닿지 않고
너의 영혼은 비로소 안식을 취한다.

행복한 혁명가

| 체 게바라 |

쿠바를 떠날 때
누군가 나에게 이렇게 말했다.

당신은 씨를 뿌리고도
열매를 따먹을 줄 모르는
바보 같은 혁명가라고.

나는 웃으며 그에게 말했다.

그 열매는 이미 내 것이 아닐 뿐더러
난 아직 씨를 뿌려야 할 곳이 많다고
그래서 나는 행복한 혁명가라고.

순수의 노래

| 블레이크 |

모래알을 세면서 세계를
들꽃에서 하늘을 본다.
너의 손바닥에서 무한을
시간을 통해 영원을 잡는다.

밤을 잊기 위해
밤에 태어난 이의 눈으로 보지 않으면
우리는 거짓을 믿게 될 것이다.
영혼이 빛의 둘레에서 잠드는 시간에
신은 모습을 나타낸다.

밤을 사는 가난한 영혼에는 빛으로
낮을 사는 영혼에는 사람의 모습으로

작은 돌

| 디킨슨 |

작은 돌은 얼마나 행복한가.
길에서 혼자 뒹굴고
직업에도 관심 없고
위험도 두렵지 않고
처음부터 이루어진 갈색 옷에는
순간의 우주가 어려 있다.
태양처럼 의지함이 없이
홀로 사귀고 홀로 빛나며
뜻없이 소박하니
절대적 섭리를 완수한다.

쌀 찧는 소리

| 호치민 |

쌀은 찧어질 때
몹시도 아프겠지만
다 찧어진 뒤엔
솜처럼 새하얗다.
사람의 세상살이도
이와 같은 것
고난은 너를 연마하여
보석이 되게 한다.

짐 승

| 휘트먼 |

나는 짐승들과 함께 살았으면 좋겠다
그들은 평온하고 스스로 만족할 줄 안다
그들은 땀 흘려 손에 넣으려고 하지 않으며
자신들의 환경을 불평하지 않는다
그들은 밤 늦도록 잠 못 이루지도 않고
죄를 용서해 달라고 빌지도 않는다
그들은 불만도 없고, 소유욕에 눈이 멀지도 않았다
다른 자에게 무릎 꿇지도 않으며
잘난 체 하거나 불행해 하지도 않는다.

도움말

| 휴스 |

여보게들
내 말을 잘 듣게
태어난다는 것은 정말 괴로운 일
죽는다는 것은 비참한 일이지
하지만 꽉 붙잡아야 하네
사랑한다는 일을 말일세
태어남과 죽음의 틈바구니에 있는 시간 동안.

경 고

| 엘리아르 |

그가 죽기 전날 밤은
그의 생애에서 가장 짧은 밤이었습니다.
그가 아직도 살아있다는 생각이
그의 손목의 피를 뜨겁게 했습니다.
그의 육체의 무게는 그를 답답하게 짓눌렀고
그의 힘은 그에게 신음소리를 내게 했습니다.
그가 웃음을 짓기 시작한 것은
바로 그러한 공포의 밑바닥에서였습니다.
그 옆에는 한 사람의 동지도 없었으나
수백만의 무수한 동지들이 함께 있었습니다.
복수하기 위한 방법을 그는 알고 있었습니다.

선 물

| 사라 티즈데일 |

나는 첫사랑에게 웃음을 주었고
둘째 사랑에게는 눈물을 주었다.
셋째 사랑에게는 아주 오랫동안
깊고 깊은 침묵을 선물하였다.

내게 첫사랑은 노래를 주었고
내게 둘째 사랑은 눈을 주었다.
오, 그러나 나의 셋째 사랑은
나에게 영혼을 선물하였다.

아름다운 것을 사랑한다.

| 브리즈스 |

나는 모든 아름다운 것을 좋아하여
그것을 찾으며 숭배하였다.
그보다 더 찬미할 것 무엇이 또 있을까.
사람은 바쁜 나날 속에서도
아름답고 영예로운 것을 찾아
무엇인가를 창조하여
아름다운 것을 사랑하고
그 아름다움이 비록 내일 오게 되어도
기억에만 남아 있는
한낱 꿈속의 빈말 같다고 해도.

결론

| 마야코프스키 |

사랑은 씻겨지는 것이 아닙니다.
말다툼에도
거리감에도
검토는 끝났습니다.
조정도 끝났습니다.
검사도 끝났습니다.
이제야말로 엄숙하게
서툰 시구를 받들어 맹세해야 합니다.

나는 사랑합니다.
진심으로 사랑합니다.

동방의 등불

| 타고르 |

일찍이 아시아의 황금시기에
빛나는 등불의 하나인 코리아
그 등불이 다시 한번 켜지는 날에는
너는 동방의 밝은 빛이 되리라.

마음에는 온갖 두려움이 없고
머리는 높이 쳐들어
지식은 자유스럽고
작은 장벽으로도 세계가 갈라지지 않는 곳
진실의 깊은 샘에서 지혜가 솟아나는 곳
끊임 없는 노력이 완성을 향해 두 팔을 벌리는 곳

지성의 빛나는 흐름이
오래된 관습의 벌판에서도 길을 잃지 않는 곳
무한히 뻗어나가는 사고와 행동으로
우리들의 마음이 가 닿는 곳
그러한 자유의 천국으로
내 마음의 조국 코리아여!
깨어나소서.

작은 우화

| 에머슨 |

산과 다람쥐가 말다툼을 하였습니다.
산이 다람쥐를 보고 "꼬마 게으름쟁이"라고 하자
다람쥐는 대답하였습니다.
"자네는 분명히 우람하지.
그러나 삼라만상과 춘하추동의 사계절의 변화를
모두 합치지 않으면 1년이 되지 않고
하나의 세계가 만들어지지 않지.
무엇보다도 나는 내 신분이 다람쥐임을
별로 부끄럽게 생각지 않는다네.
내가 자네만큼 크지 않다고 말하지만
자네는 나처럼 꼬마가 되지 못하고
날랠 수도 없지 않은가.
물론 자네가 나를 위해서
오솔길을 만들어 준다는 사실은 고맙지
저마다의 재능은 제각각 멋지게 창조되어 있다네.
나는 숲을 등에 질 수는 없지
그렇다고 자네는 호두를 깔 수 없는 노릇이 아닌가."

귀 향

| 헤르만 헤세 |

나는 이미 오랫동안
타향에 머물렀습니다.

그러나 아직도 지난날의 무거운
짐 속에서 회복하지 못했습니다.

나는 가는 곳마다
넋을 가라앉혀 주는 것을 찾았습니다.

이제 훨씬 진정됐습니다.
그러나 새로이 또 고통을 원하고 있습니다.

오십시오, 낯익은 고통들이여
나는 환락에 싫증이 났습니다.

자, 우리들은 또 다시 싸웁니다.
가슴에 가슴을 부딪치고 싸웁니다.

생일날

| 로제티 |

제 마음은 말이에요. 싱그러운 숲 속에서
고운 노래 부르는 새와 같아요.
제 마음은요, 열매의 무게로 가지가 굽은
소담스런 사과나무와 같아요.
제 마음은요, 그보다도 한결 밝답니다.
지금 사랑하는 그 이가 오셨거든요.

비단과 털을 써서 강단을 만들고
홍포와 다람쥐털로 장식해 주세요.
비둘기와 석류를 새겨 넣으시고
눈꽃무늬 백 개 달린 공작새도 좋아요.
금빛 은빛 포도송이 수 놓으시고
잎새와 백합꽃도 그려 주세요.
오늘은 제 인생이 시작되는 날
지금 사랑하는 그 이가 오셨거든요.

이른 봄

봄바람에 꿈꾸듯 달려간다, 황량한 가로수 길을.
이상한 마력을 지닌 봄바람이 달려간다.

울음소리 나는 곳에선 가볍게 몸을 흔들고
헝클어진 머리칼 속으로 휘감겨 들었다.

아카시아 꽃들을 흔들어 떨어뜨리고
뜨거운 숨결을 몰아쉬고 있는 두 연인을 힘겹게 했다.

웃음 짓는 아가씨의 입술을 살짝 어루만지고
부드러운 들판을 여기저기 더듬고 갔다.

목동이 부는 피리 속을 빠져나와 흐느껴 우는 소리처럼
새벽 노을 붉게 물든 곳을 훨훨 날아서 지나왔다.

봄의 행복

| 빅토르 위고 |

봄이다, 3월
감미로운 미소의 달, 4월
꽃피는 5월
무더운 6월
모든 아름다운 달들은 나의 친구들이다.
잠 들어 있는 강가의 포플러 나무들
커다란 종려나무들이 부드럽게 휘어진다
새는 포근하고 조용한 숲에서 파닥거린다
초록빛 나무들이 함성을 지르고
해는 왕관을 쓴 듯 힘차게 솟아오른다.
저녁이면 사랑으로 가득 차고
밤이면 거대한 그림자 사이로
하늘이 내리는 축복 아래
영원히 행복한 노래를 부르리라.

봄의 시작

| 톨스토이 |

이른 봄
풀은 가까스로 고개를 내밀고
시냇물과 햇빛은 여리게 흐르고
숲의 초록빛은 투명하다.

아직도 목동의 피리소리는 이른 아침에
울려 퍼지지 않고
숲의 어린 고사리도
아직은 잎을 돌돌 말고 있다.

이른 봄
자작나무 아래서
미소를 머금은 채 눈을 내리깔고
내 앞에 너는 서 있었다.

첫 민들레

| 휘트먼 |

겨울이 끝난
아직은 아득한 자리에서
소박하고 신선하게 꿈꾸듯 솟아나서
세상의 모든 인공품들은 아랑곳하지 않고
양지 바른 구석에 피어나
톡트는 새벽처럼 순진하게
새봄의 첫 민들레는 믿음직한 얼굴을 내민다.

나 비

| 라마르틴 |

봄과 함께 태어나서 장미와 함께 죽는다
서풍의 날개를 타고 나른다
맑은 하늘을.

몇 송이 안 핀 꽃들의 가슴에 흔들리며
향내에 햇살에 창공에 취하여
어린 몸을 흔들며 분가루를 뿌린다.

한숨처럼 가없는 하늘을 난다
이것이 나비의 운명.

이승의 욕망처럼 휴식도 없이
꽃에 닿아도 마음은 그대로
열락을 찾다 끝내는 되돌아간다, 하늘로

봄은 하얀 치장을 하고

| 브리지스 |

봄은 치장을 하고
우유빛 하얀 관을 쓰고 있다.
흰 구름은 부드럽고 환하게 빛나는
양떼처럼 하늘을 떠돌고 있다.

하늘에는 흰 나비가 춤추고
하얀 데이지 꽃이 대지를 수 놓는다.
벚꽃과 서리같은 하얀 배꽃은
눈처럼 꽃잎을 뿌리고 있다.

물망초

| 하이네 |

맑은 물 흐르는 시냇가에
하늘색 물망초가 홀로 피었다.
물결은 밀려와 입맞춤하지만
다시금 사라져 잊어버린다.

수선화

| 워즈워드 |

골짜기 산 위에 높이 떠도는
구름처럼 외롭게 방황하다가
나는 문득 무리지어 활짝 펴 있는
황금빛 수선화를 보았다.

호숫가 줄지어 선 나무 밑에서
미풍에 한들한들 춤을 추고 있다.

은하수 깊이 반짝이며 깜빡거리는
별처럼 총총히 나란히 서서
수선화는 샛강 기슭에
끝없이 줄지어 서 있었다.

흥겨워 춤추는 꽃송이들은
천 송인지 만 송인지 끝이 없다.
그 옆에서 물살도 춤을 추지만
수선화의 즐거움보다 나을 것인가.

이토록 즐거운 무리와 어울리는
시인의 유쾌함은 한량이 없다.
나는 그저 바라보고 또 바라볼 뿐
내가 정말 얻은 것을 알지 못했다.

하염없이 그 자리에 있자니 시름에 잠겨
나 홀로 자리에 누워 있을 때
내 마음에 그 모습 떠오르면
이는 바로 고독의 축복 아닌가.

그럴 때면 내 마음은 기쁨에 넘쳐
수선화와 더불어 춤을 춘다.

눈부시게 아름다운 오월에

| 하이네 |

눈부시게 아름다운 오월에
모든 꽃봉오리가 벌어질 때
나의 마음 속에서도
사랑의 꽃이 피어났다.

눈부시게 아름다운 오월에
모든 새들이 노래할 때
나의 불타는 마음을
사랑하는 이에게 고백하였다.

꽃이 핀 숲

| 스티븐스 |

꽃이 핀 숲 속으로 갔다.
다른 사람과 함께 간 것이 아니라
여러 시간 혼자서 거기 있었다.
그렇듯 행복했던 일이 있었으니
꽃이 핀 숲 속에서.

대지에는 초록색 풀
나무에는 초록색 잎
바람은 소리를 내면서
명랑하게 속삭이고
그래서 나는 행복했다
무척이나 행복스러웠다
꽃이 핀 숲속에서.

9월이 오면

| 브리지즈 |

9월이 오면 나는
온종일 향긋한 건초더미 속에
내 사랑과 함께 앉아
산들바람 부는 하늘에
흰 구름을 얹어놓은
눈부신 궁전을 바라보고 싶다.

그녀는 노래를 부르고
나는 노래를 지어주고
아름다운 시를 온종일 부르리라.
남몰래 내 사랑과 건초더미 속에 누워 있을 때
인생은 즐거우리라.

안 개

| 샌드버그 |

안개가 내린다.
작은 고양이 발에

안개는 조용히 앉아
말없이 항구와 도시를
허리 굽혀 바라보다가
어디로인가 떠나간다.

구 름

| 푸슈킨 |

폭풍이 사라진 뒤에 남은 구름 한 점
너 홀로 맑게 개인 푸른 하늘을 달리고
너 홀로 어두운 그림자를 던지고
너 홀로 기뻐하는 태양을 슬프게 한다.

너는 조금 전에 하늘을 가리고
성난 번개에 갇히어
기이한 천둥소리를 날려 보내면서
메마른 대지를 비로 적셨다.

이제 모습을 감추어라. 때는 지났다.
흙은 기운을 북돋우고 폭풍은 멀리 사라졌다.
바람은 나뭇잎에 입맞춤하면서
평원한 하늘에서 너를 떠나보낸다.

바람의 이야기

| 보리스 파스테르나크 |

나는 죽었지만, 그대는 여전히 살아 있다.
하소연하며 울부짖으며
바람은 숲과 오두막집을 뒤흔든다
아주 끝없이 먼 곳까지
소나무 한 그루 한 그루씩이 아닌
모든 나무를 한꺼번에
마치 어느 배 닿는 포구의
겨울 같은 수면 위에 떠 있는 돛단배의 선체를 뒤흔들 듯

따리서 이 바람은 허세나
무의미한 분노에서 연유된 것이 아닌
당신을 위한 자장가와 노랫말을
이 슬픔 속에서 찾기 위함이다.

바닷가에서

| 타고르 |

아득한 나라 바닷가에 아이들이 모였습니다.
가엾은 하늘은 그림처럼 고요하고
물결은 쉴새없이 넘실거립니다.
아득한 나라 바닷가에 소리치며 뜀뛰며
아이들이 모였습니다.

모래성을 쌓는 아이, 조개껍질을 줍는 아이
마른 나뭇잎으로 배를 만들어
웃으면서 깊은 바다로 떠나보내는 아이
모두들 바닷가에서 재미나게 놀고 있습니다.

그들은 헤엄칠 줄도 모르고
고기잡이할 줄도 모릅니다.
어른들은 진주를 캐고 상인들은 배를 타고 오지만
아이들은 조약돌을 모으고 던질 뿐입니다.
그들은 보물에도 욕심이 없고
고기잡이를 할 줄도 모른답니다.

여전히 바다는 깔깔대며 부서지고
기슭은 흰 이를 드러내며 웃을 뿐입니다.
죽음을 품은 파도도 자장가 부르는 엄마처럼
예쁜 노래를 불러줍니다.
바다는 아이들과 함께 놀고
기슭은 흰 이를 드러내며 웃습니다.

아득한 바닷가에 아이들이 모였습니다.
하늘에 폭풍이 일고 물 위에 배는 엎어지며,
죽음이 배 위에 있지만 아이들은 놉니다.
아득한 나라 바닷가는 아이들의 큰 놀이터입니다.

가을 날

| 릴케 |

주여, 때입니다. 지난 여름은 참으로 위대하였습니다.
해시계 위에 당신의 그림자를 얹으십시오.
들판에 많은 바람을 놓으십시오.

마지막 과실에 결실을 명하십시오.
열매 위에 이틀만 더 남국의 햇볕을 주시어
그들을 완성시켜 주시고, 마지막 단맛이
짙은 포도송이 속으로 스며들게 하십시오.

지금 집이 없는 사람은 집을 짓지 않습니다.
지금 고독한 사람은 변함없이 고독하게 살 것입니다.
잠자지 않고, 책을 읽고, 긴 편지를 쓰고
마침내는 낙엽이 뒹구는 가로수 길을
불안하게 이리저리 헤메일 것입니다.

가을의 마음

| 기욤 아폴리네르 |

안개 속을 간다.
다리가 불편해 보이는 농부와 그의 소중한 소가
가난하고 부끄러움을 감싸주는 가을 안개 속을.

조용히 걸으며 농부는 노래한다
상처 입은 마음을 달래주는
사랑의 노래를.

가을, 가을이 여름을 죽였습니다.
가을, 가을이 여름을 죽였습니다.

안개 속을 간다
두 개의 작은 잿빛 그림자가.

가을의 입구

| 헤르만 헤세 |

뜰이 슬퍼합니다
차디찬 빗방울이 꽃 속에 떨어집니다
여름이 그의 마지막을 향해서
조용히 몸서리칩니다.

단풍진 나뭇잎이 뚝뚝 떨어집니
높은 아카시아 나무에서 떨어집니다
여름은 놀라, 피곤하게
죽어가는 뜰의 꿈 속에서 미소를 띱니다.

오랫동안 장미 곁에서 발을 멈추고
아직 여름은 휴식을 그리워할 것입니다.
천천히 큼직한
피로의 눈을 감습니다.

떨어져 흩어지는 나뭇잎

| 고티에 |

숲은 공허하게 녹이 슬어
가지에 붙어 있는 단 하나의 나뭇잎
외로이 가지에서 흔들리고 있는
잎사귀는 단 하나, 새도 한 마리.

이제는 오로지 나의 마음에도
오직 하나의 사랑, 노래 한 줄기
하지만 가을바람이 맵게 울고 있어
사랑의 노래 소리 들을 길 없네.

새는 날아가고 나뭇잎도 흩어지고
사랑 또한 빛 바래네
겨울 오면 귀여운 새여
다가오는 봄에는 내 무덤가에서 울어다오.

고 독

| 릴케 |

고독은 비와 같은 것입니다
바다로부터 저녁 노을을 향해 떠오릅니다
멀고 먼 쓸쓸한 들판으로부터
언제나 그것을 지닌 하늘로 갑니다
그리고 하늘로부터 도시로 떨어집니다
그것은 시간의 간격을 비로 내립니다
아침이 찾아와 모든 길거리가 방향을 바꾸는
아무것도 보지 못한 육체와 육체가
서로가 실망하여 슬픔에 잠길 때
미워하는 사람과 사람이
같은 침대에서 함께 잠 잘 수밖에 없을 때에
비로소 고독은 강물처럼 흘러갑니다.

달 밤

| 아이헨도르프 |

하늘은 조용히
대지와 입 맞추니
피어나는 꽃잎 속에 대지가
이제 하늘의 꿈을 꾸는 것 같았다.

바람은 들판을 가로질러 불고
이삭들은 부드럽게 물결치고
숲은 나직하게 출렁거리고
밤하늘엔 별이 가득했다.

곧이어 나의 영혼은
넓게 날개를 펼치고
집으로 날아가듯
조용한 시골 들녘으로 날아갔다.

낙 엽

| 구르몽 |

시몬, 나뭇잎 져버린 숲으로 가자
낙엽은 이끼와 돌과 오솔길을 덮고 있구나.

시몬, 너는 좋으냐
낙엽 밟는 소리가
낙엽의 빛깔은 은은하고 그 소리는 참으로 나직하구나.

낙엽은 땅 위에 버림 받은 나그네
시몬, 너는 좋으냐
낙엽 밟는 소리가.

해질녘 낙엽의 모습은 쓸쓸하다.
바람 불어칠 때마다 낙엽은 조용히 외치거니

시몬, 너는 좋으냐
낙엽 밟는 소리가
발길에 밟힐 때면 낙엽은 영혼처럼 흐느끼고
날개 소리, 여자의 옷자락 스치는 소리를 내는구나.

시몬, 너는 좋으냐
낙엽 밟는 소리가
가까이 오라
언젠가는 우리도 가련한 낙엽이 되리니
가까이 오라
이미 날은 저물고 바람은 우리를 감싸고 있구나.

시몬, 너는 좋으냐
낙엽 밟는 소리가.

비 오는 날

| 롱펠로우 |

날은 춥고 어둡고 쓸쓸하다
비 내리고 바람은 쉬지도 않고
넝쿨은 아직 무너져 가는 벽에
떨어지지 않으려고 붙어 있건만
모진 바람 불 때마다 죽은 잎새 떨어지며
날은 어둡고 쓸쓸도 하다.

내 인생 춥고 어둡고 쓸쓸하다.
비 내리고 바람은 쉬지도 않는구나.
나는 아직 무너지는 옛날을
놓지 않으려고 부둥켜건만
질풍 속에서 청춘의 희망은 우수수 떨어지고
나날은 어둡고 쓸쓸도 하다.

조용히 하거라, 슬픈 마음들이여!
한탄일랑 말지어다.
구름 뒤에 태양은 아직 비치고
그대 운명은 뭇 사람의 운명이러니.
누구에게나 반드시 얼마간의 비는 내리고
어둡고 쓸쓸한 날도 있는 법이니.

거리에 비 내리듯

| 폴 베를렌 |

거리에 비 내리듯 내 마음 속에 눈물이 내린다.
가슴 속에 스며드는 이 외로움은 무엇인가?

속삭이는 비 소리는 땅 위에, 지붕 위에 내리고
울적한 이 가슴에는 까닭 없는 눈물이 내린다.

사랑도 미움도 없이 내 마음 왜 이다지 아픈지
이유조차 모르는 일이 가장 괴로운 아픔인 것을.

겨울 날

| 하이네 |

눈 속에서 오늘 사라져 가는
아, 아름다운 빛
먼 하늘이 곱게 장밋빛으로 타오른다.

쉼없이 나의 노래가 말을 건네는
그대 먼 곳의 신부의 모습이여
아, 그대의 다정한 우정이 날 위해 빛난다.
하지만 사랑은 아니다.

눈이여 쌓여라

| 하이네 |

눈이여 쌓여라
산만큼 쌓여라
우박아 내려라
미친 듯이 내려서
방의 창문들을 깨뜨려 버려라
아무렇게 되어도 나는 두려울 게 없다.
내 마음의 방안에는
봄날의 포근한 바람이 일고 있으니.

잠에게

| 워즈워드 |

한가로이 지나가는 한 떼의 양
빗소리, 중얼거리는 벌소리
서서히 흐르는 강물, 바람과 바다, 드넓은 들판
흰빛으로 펼쳐진 수면, 맑은 하늘
내 모든 것 하나 하나가 차분히 생각해 보아도
잠 못 이루고 누워있을 때 과수원에서
처음 지저귀는 작은 새들의 노랫소리를 들어야 했다.
간밤에 그 앞선 밤처럼
잠이여, 나 그처럼 누워 은밀히 애써도
나 너를 얻지 못하였노라.
그러니 이 밤을 다시 새우게 하지 말아다오.
너 없으면 아침의 그 모든 풍성한 기쁨을 무엇하리.
오라, 날과 날 사이의 다행한 장벽이여.
신선한 생각과 즐거운 건강의 고마운 원천이여.

내게 있는 것을 잘 사용하게 하소서

| 윌리엄 버클레이 |

신이여!
나로 하여금 나의 생명을
당신께서 내게 원하시는 대로
사용하게 도와주소서.

나의 능력을
다른 사람을 위해 쓰게 하심으로
남을 행복하게 하고 세상을
유익케 하옵소서.

내가 가진 물질로
자신을 위한 이기적인 목적이 아니라
남을 돕는 일에 후히 쓰게 하옵소서.

나의 시간을 선한 일에만
지혜롭게 사용하도록 도와주옵소서
이기적이거나 육적인 쾌락을 위해 쓰지 않고
남을 위해서 사용케 하옵소서.

나로 하여금 새로운 것을 깨닫고
자신을 발전시키는 일을 위해 노력하게 하시며
배우는 것을 게을리 하지 않게 하시고
세상의 무익하고 썩어질 것들에
결코 마음을 두지 않게 하옵소서.

섣달 그믐날에 쓴 시

| 에리히 케스트너 |

병든 말 같은 세월에 꿈을 맡겨서는 안 된다
세월에 너무 무거운 짐을 지게 하면
결국 녹초가 되어 버린다.

계획이 화려하게 꽃필 때일수록
일은 곤란한 일에 몰린다
그때 인간은 노력하려고 결심한다
그리고 드디어 진퇴유곡에 빠진다.

수치심 때문에 발버둥쳐도 도움이 되지 않는다
결국 이것저것 손을 대어도
전연 도움은 되지 않고 손해만 볼뿐

세월에 맡긴 그런 꿈을 버릴 것
마음가짐을 새로이 할 것이다,

나를 위한 마지막 기도문

| 톨스토이 |

나는 황폐한 제단 앞에서 흔들리고 있는 작은 등불입니다.
지금 알 수 없는 의문과 그림자에 떨고 있습니다.
어둡기 전에 길을 잃는 것이 아닌가 두려워하고 있습니다.
당신과 같이 괴로워하고 있습니다.
대다수의 사람과 같이 진리를 구하고 있습니다.
길은 멀고 목적지는 아직도 먼 저쪽입니다.
두 다리는 떨리고 몸과 마음은 지쳐 있습니다
마른 입술은 이제 노래조차 부를 수 없습니다
배낭 속에는 희망마저 사라지고 말았습니다.
나는 허무하게 삶의 주위를 헤매이고 있습니다
오래 전부터 길에 대해 안내의 말을 걸어주는
친절한 나그네조차 만날 수 없습니다.
목마름을 가셔줄 샘조차 발견할 수 없습니다
그러나 나는 외톨이라고는 느끼지 않습니다.
여기저기 오솔길에서 나와 같은 괴로움을 지닌 많은 형제들이
저녁 노을이 내리고 밤이 다가오는 가운데
안개 속을 헤매였다는 것을 알고 있기 때문입니다.
행복하거나 괴로워하는 자여!
그들이 진리를 구하고 있다는 것을 알고 있습니다.

나는 쾌락 앞에서 타고 있는 작은 등불입니다.
타오를수록 쾌락에의 목마름은 점점 더해 갑니다.
무엇보다도 무서운 열기는 증가하고 있습니다.
"쾌락이여!
너는 시대와 함께 그 이름을 고쳤지만
그 변하지 않는 미소의 매력적인 그늘에서
너의 얼굴을 감출 수가 없다.
쾌락이여!
네 앞에서 나는 청춘의 향기를 간직했다.
너를 위해서 나는 희망의 불을 밝혔다.
너와 더불어 모든 길을 방황하며 걷고
너에게서 금방 지나가 버리는 도취를 회구하기도 했다.
죄와 잘못을 너로 해서 기르고
네 속에 일체의 희망과 신뢰를 두고
너의 미친 모습에서 나의 생명을 느끼려고 하였다
그러나 너는 약속한 행복을 언제까지나 감추고 있다.
숱한 나의 시간 속에서 너는 그 허무한 증거를 보인 것이다.
나는 너에게 기쁨을 구하였지만
발견한 것은 오직 부끄럼뿐이었다는 것을 고백하지 않을 수
없다."

이렇게 하여 등불은 나의 생애의 패배를 비춘 것입니다.
나는 가책 앞에서 타고 있는 작은 등불입니다.
타 갈수록 나의 마음은 피를 흘립니다.
한밤중에 나는 가끔 돌연히 눈을 뜹니다.
말없이 나의 마음은 나를 부르고 그 속삭임은
어둠을 채웁니다.
그리하여 방 속은 지난날 추억의 환영으로 가득 찹니다.
이때 나는 소리치고 싶은 강렬함에 휩싸이게 됩니다.
그런데도 내 음성의 울림이 나를 무섭게 합니다.
그런 까닭으로 나는 어둠 속에서 이름이나 물건을 부르고
있는 나의 마음에 귀를 기울이면서 침묵을 지킵니다.
누가 나를 불 태우고 나의 영혼을 차게 할 수 있겠습니까.
육체는 침대를 덥게 합니다.
상처마다 작열하는 장미로 찔리고 있습니다.
나는 정열의 우상과 가책의 환영
그리고 장미에 못 박혀 있습니다.
등불이 다 탈 때까지 이렇게
나는 밤을 지새울 것입니다.
그러면서도 나를 때리는 이 가책 때문에,
나를 찢어 놓은 것 같은

이 참회로 해서 일체의 우상을 뚜드려 부수고
아, 신이여!
모든 제단 위에 당신의 이름만을 걸어놓고 싶은 것입니다.
그리하여 오직 부끄러움으로 해서
당신 앞에 엎드려 산산이 부서진 이 마음을 바치고 싶습니다.